Jour de courage

DU MÊME AUTEUR

La Chambre des parents, Fayard, 1997 ; Le Livre de Poche, 2009.

Nico, Stock, 1999 ; Le Livre de Poche, 2001.

À présent, Stock, 2001 ; Le Livre de Poche, 2003.

Marée noire, Stock, 2004 ; Le Livre de Poche, 2005.

J'apprends, Stock, 2005 ; Le Livre de Poche, 2007.

L'amour est très surestimé (recueil de nouvelles), Stock, 2007 (bourse Goncourt de la nouvelle) ; J'ai lu, 2008.

Une année étrangère, Stock, 2009 (prix Jean-Giono) ; J'ai lu, 2011.

Avec les garçons suivi de *Le garçon* (recueil de nouvelles), J'ai lu, 2010.

Pas d'inquiétude, Stock, 2011 ; J'ai lu, 2013.

Avoir un corps, Stock, 2013 ; J'ai lu, 2015.

Nous serons des héros, Stock, 2015 ; J'ai lu, 2016.

Un loup pour l'homme, Flammarion, 2017 ; J'ai lu, 2018.

BRIGITTE GIRAUD

Jour de courage

ROMAN

J'AI LU

Le plus dur est de faire le saut.

Louis Calaferte, *Septentrion*

Je crois que ne pas vouloir déranger est quelque chose de mauvais parce qu'il faut justement qu'on dérange [...]. Il ne suffit pas simplement d'être, on doit également agir.

Fritz Zorn, *Mars*

Partie 1
Magnus Hirschfeld

Il y avait eu cette matinée, pendant laquelle Livio avait longuement pris la parole. Il avait bravé le regard de tous, debout pendant une heure sur l'estrade, et n'avait pas dévié de son cap quand il avait raconté l'existence et le combat de Magnus Hirschfeld, dont personne dans la classe n'avait entendu parler. Mais cela lui importait peu, il avait été brillant et incroyablement gonflé, comme s'il n'avait plus rien à perdre. Ses yeux étaient cernés de la nuit sans sommeil qu'il venait de passer, il avait décidé de bousculer chacun et de rompre avec cette image de garçon convenable qui lui collait à la peau. On ne l'avait jamais vu si déterminé, si libre.

Alors que les recherches pour retrouver Livio viennent de prendre fin, on doit admettre qu'il lui fallait tout dire. Il lui fallait endosser la cause de Magnus Hirschfeld, qu'il aura fait découvrir à une trentaine d'adolescents, les invitant à un étrange cours d'histoire. Il leur aura ouvert les yeux sur l'insondable bassesse des hommes et sur le sort éternel réservé aux minorités, avant de disparaître.

Les élèves venaient de traverser une période consacrée à la montée du nazisme et ils commençaient à être saturés. On les sentait ailleurs, de plus en plus distraits. Pris par une lassitude qui gagnait leur corps tout entier. Certains demandaient malgré tout à Mme Martel de traduire un mot ou une expression en allemand, pour ne pas perdre le fil tout au plus, quand elle nommait une institution dans sa langue originale, mais plus personne ne se manifestait, comme si la mémoire de la dernière guerre, ce grand chapitre dans lequel ils étaient engagés, était un passage obligé, sans aucun lien avec l'époque dans laquelle ils vivaient. Et cela donnait dans la classe des silences parfois pénibles, entre fatigue et résignation, comme si l'Histoire n'était qu'une chose ancienne, une boîte fermée à double tour, dont les scénarios les plus monstrueux et les zones de mystères ne les excitaient pas.

Seul Livio avait posé une question quand avait été abordé le volet sur les autodafés nazis. Il se demandait si les livres qu'il lisait en secret dans sa chambre auraient été désignés pour finir au bûcher. Était-ce cela qui dérangeait : préférer passer une soirée avec Verlaine plutôt que de jouer au football au terrain militaire, comme le lui reprochaient parfois ses parents ? Il était peut-être le seul de sa classe à voir dans la littérature autre chose qu'une matière à préparer pour le bac, comme cela avait été le cas l'an dernier, où chaque élève avait bachoté les vingt textes proposés dans l'optique de s'en débarrasser, en ressassant des fiches de lecture qui en définitive rendaient les œuvres inoffensives.

Il était le seul avec Camille qui, comme lui, voulait tout comprendre, tout apprendre, tout éprouver. Et cela n'était pas surprenant qu'ils passent tout leur temps ensemble.

Il ne se contentait pas de la parole des adultes, et n'avait de cesse de vouloir vérifier, il vivait dans le doute et cela le rendait électrique.

« Autodafé » était un mot que les élèves découvraient, et sur lequel Mme Martel voulait qu'ils réfléchissent. Un mot dont elle leur avait prié de noter l'étymologie et dont elle avait expliqué que c'était une cérémonie expiatoire par laquelle les tribunaux de l'Inquisition avaient fait exécuter leurs jugements, le plus souvent par la destruction de personnes ou d'objets par le feu. Une définition pointilleuse que chacun s'était mise dans la tête pour le jour du contrôle, mais qu'ils avaient oubliée aussitôt. Sauf Livio.

Quand Mme Martel avait suggéré qu'un élève se risque sur le sujet, Livio s'était porté volontaire. Quelque chose l'intriguait, de ce feu qui brûlait les livres. On sentait comme tout en lui était inquiétude, même s'il se donnait à voir comme un élève étonnamment discret. Seule Camille savait ce qu'il y avait sous la surface, l'incandescence qui le consumait, même si elle était loin d'avoir tout deviné.

Ce matin-là, Livio était entré en classe comme on entre en scène. Concentré, avec un trac palpable, et des notes sur des feuilles volantes. Il n'avait rien voulu révéler à Camille, avec qui il avait fait le trajet pour venir en cours, comme chaque jour. C'était leur dernier matin mais ils ne le savaient pas. Livio avait l'air pénétré de celui qui cache quelque chose, et Camille sentait qu'il ne l'écoutait pas quand elle lui parlait. Elle avait hâte de l'entendre, lui à qui tout semblait réussir, guidé par une intelligence parfois fulgurante, lui qui osait. Elle admirait depuis si longtemps son apparente désinvolture. Elle enviait sa façon de parler, d'écrire, et même de rire. Elle avait tendance à l'imiter, elle avait acquis, au fil du temps, des intonations qu'elle lui avait volées. Elle aimait par-dessus tout comment il jouait de la guitare, sans avoir pris le moindre cours, comment il plaquait les doigts sur le manche. Avec lui tout sonnait, il jouait à l'oreille, et sa voix se posait instinctivement sur les accords, juste, éraillée et vibrante. Livio était réservé et vibrant, cela peut aller ensemble. On ne pouvait pas résister à sa voix. Ni à son allure, sa démarche flottante, sa façon d'avancer sans déplacer l'air sur son passage.

Livio était allé s'asseoir à sa place, en attendant que Mme Martel l'invite à la remplacer devant le tableau. Il s'était levé après avoir décroisé ses longues jambes, s'était avancé, suscitant tous les regards, il avait bougé la tête pour repousser la mèche qui lui tombait devant les yeux, et il s'était installé derrière le bureau. Il avait demandé s'il pouvait rester debout, en esquissant un sourire incertain. Il avait saisi une craie puis avait inscrit un nom sur le tableau, qu'il avait livré aux élèves sans autre forme de préambule. Il allait parler de

Magnus Hirschfeld.

Tout le monde avait noté, y compris Mme Martel. Ce serait un exposé sur cet homme que Livio a présenté comme un médecin allemand, né en 1868 à Kolberg, et mort à Nice en 1935. La date et le lieu de sa mort disaient déjà quelque chose de son parcours, puisqu'il semblait bizarre de mourir à Nice pour un Allemand, comme l'a fait remarquer Livio. Manifestement, personne n'avait jamais entendu parler de cet homme. À l'annonce de son nom, il n'y a eu aucune réaction, pas même un commentaire de la professeure, seulement un lourd silence, et des visages qui se baissaient, ce qui n'était pas bon signe.

Livio a fait une rapide introduction, en se raclant plusieurs fois la gorge comme s'il était en train de muer, sans trouver le ton qui convenait, et quand les élèves ont compris pourquoi le nom de Hirschfeld était lié aux autodafés, Livio a su qu'il pouvait se lancer. Livio allait tout se permettre, tenir son auditoire en haleine, et commencer par révéler le profil de ce mystérieux médecin, celui qu'on appelait « l'Einstein du sexe », glissait-il d'emblée pour éveiller la curiosité de ses camarades, puisqu'il avait été le premier homme sur la planète à avoir étudié la sexualité humaine sur des bases scientifiques, et qu'il avait fondé à Berlin, dès 1919, le premier Institut de sexologie au monde, il y a pile un siècle.

Personne ne savait encore où Livio allait en venir, certains commençaient à sourire, se disant que l'exercice était risqué, déjà un peu gênés à l'énonciation du mot « sexologie », cette science qui a rarement droit de cité dans une salle de classe, et dont chacun ignorait ce qu'elle signifiait exactement. Personne n'avait jamais parlé de sexualité à ces adolescents, à l'exception d'un cours de SVT – ces « Sciences de la vie et de la Terre » que Livio et Camille avaient pris l'habitude de renommer « Sciences de la mort de la Terre » –, où on leur avait enseigné les détails de la procréation humaine, et rappelé les fonctions de différents organes, toujours ces mêmes ovaires, ces mêmes trompes et corps spongieux livrés en coupe, toujours ces mêmes spermatozoïdes qui se ruent par millions, et qu'ils se représentaient difficilement. Un cours au pas de charge l'année précédente avait zoomé sur la contraception, les MST et le sida, dont ils n'avaient pas vraiment pris la mesure des ravages qu'il avait opérés avant leur naissance.

Et cela leur avait suffi, les jeunes n'aimaient pas que des adultes leur parlent de choses aussi intimes, ça les mettait mal à l'aise, ils avaient d'autres sources d'information, que les parents feignaient d'ignorer, mais dont ils faisaient un usage contestable, et pour certains déjà addictif.

C'est à Berlin, au lendemain de la Première Guerre mondiale, alors qu'Adolf Hitler adhérait au Deutsche Arbeiterpartei, le Parti ouvrier allemand, traduisit Livio, que fut inauguré le premier Institut pour la recherche sexuelle. Fondé par Magnus Hirschfeld, avec ses propres deniers, il comportait des laboratoires, des cabinets de consultation, abritait une impressionnante collection d'ouvrages, publiait des premières statistiques liées aux pratiques sexuelles et créait la Ligue mondiale pour une réforme sexuelle, dont Livio n'expliqua pas l'objectif.

Un précurseur, on l'avait compris, que Livio tentait de présenter sans rien omettre, en regardant ses notes, toujours debout dos au tableau, portant le pull que ses parents lui avaient offert pour ses dix-sept ans, acceptant d'apparaître dans ce pull bleu rayé dont la maille moulait son torse trop fin, que chacun avait le loisir d'envisager dans ses moindres détails, ainsi que la rougeur sur l'aile droite de son nez, qu'il avait tenté de masquer à l'aide du fond de teint de sa mère, et qui l'avait stressé autant que l'exercice auquel il devait se livrer.

Le torse trop fin, c'était l'appréciation du professeur de gymnastique, qui ne se gênait pas pour commenter gentiment la poitrine de Livio quand il prenait son élan pour le saut en hauteur, la seule discipline d'athlétisme où il excellait, et qu'il concluait : à muscler d'urgence, comme si Livio allait passer son temps libre à soulever des poids ou nager la brasse papillon.

Camille pensait tout le contraire, elle se disait que sa silhouette frêle faisait tout son charme en le regardant bouger maladroitement.

En racontant l'histoire de ce médecin avant-gardiste, Livio rompait avec l'habituelle routine liée à l'Allemagne de l'entre-deux-guerres, et faisait naître sur le visage des élèves des regards perplexes. Livio n'a pas détaillé d'emblée ce qui se passait dans cet institut hors norme, les laissant un peu mariner, mais il a insisté sur cette importante bibliothèque que Magnus Hirschfeld et ses amis avaient mis du temps à rassembler, environ vingt mille volumes, souligna-t-il, qui traitaient d'une multitude de sujets liés à la sexualité au sens le plus large du terme, vue sous des angles scientifiques, mais aussi littéraires, poétiques, sociologiques ou juridiques. Une mine, une exception, une source de connaissance unique en son genre, qui devait faire progresser l'histoire de l'humanité et susciter l'intérêt des chercheurs du monde entier, poursuivit Livio, qui redit que Hirschfeld était à la sexualité ce que Freud était à la psyché et Einstein à la science, en s'excusant de se répéter. Mais on avait compris qu'il lui fallait donner des repères en béton s'il voulait acquérir l'autorité qui lui permettrait d'aller au bout de son intervention.

C'est cette bibliothèque qui périt en partie, ajouta Livio après avoir repris son souffle, dans un bûcher que les nazis érigèrent sur un trottoir de Berlin le 6 mai 1933. Oui, c'est fou le genre de chose qu'on peut faire quand on est traversé par la haine, s'entendit-il ajouter de façon totalement improvisée.

Livio stoppa les élèves qui commençaient à noter, et précisa qu'il reviendrait sur l'autodafé puisque c'était le sujet principal de la matinée. Il leur demanda de ne pas se précipiter, ce n'était pas tant les livres au feu qui l'intéressaient mais comment et pourquoi ils y étaient arrivés.

Alors chacun se relaxa, les têtes se relevèrent, et certains étendirent les jambes en s'étirant. C'était une bonne nouvelle, ils n'allaient pas gratter des pages mais se laisser raconter une histoire, une de celles bien bonnes à entendre, ils allaient profiter de cette heure à regarder Livio faire le show, même si le but n'était pas de se divertir, mais c'était du pareil au même, ils allaient être pénards pendant qu'un autre s'y collait, c'était le principe même de l'exposé, ils allaient avoir peur pour lui, qu'il bafouille, qu'il se trompe, qu'il dérape, et en même temps ils avaient envie de cela, du grain de sable qui ferait de ce moment un petit événement et sortirait chacun de sa routine, ils espéraient du piquant et de la sensation. Ils attendaient qu'il se passe quelque chose enfin, qui les tirerait de l'ennui qui était leur lot quotidien, ils étaient prêts à se laisser surprendre, c'était un bon début.

Outre les livres qui composaient la bibliothèque de l'Institut, il y avait aussi des photos, et des revues, précisait Livio, comme celle, créée par Hirschfeld en 1908, la *Revue mensuelle de sexologie*, qui rendait compte des travaux, des recherches et des luttes que le médecin et ses acolytes souhaitaient rendre publics, en vue de faire avancer la science et les mentalités. Parmi ces luttes, il fallait compter ce désir d'égalité hommes-femmes, sur le plan économique, politique et sexuel, et le libre contrôle de la procréation, ce qui représentait une petite révolution pour l'époque, fit remarquer Livio. Les filles se mirent à sourire, flattées d'être prises en compte dès les premières minutes, de même que Mme Martel qui opinait du chef et sentait monter en elle un sentiment de gratitude.

Mais Livio voulait les emmener plus loin et arriver aux choses sérieuses, celles-là mêmes qui allaient déchaîner les nazis, comme il dit en serrant les dents. Parmi ses combats, il en était un, central, insistait à présent Livio, en remontant les manches de son pull, comme s'il avait chaud subitement, parmi ses combats, il y avait la suppression du paragraphe 175 inscrit au Code pénal allemand. Chaque élève se mit cette fois à noter mécaniquement le fameux

paragraphe 175,

encouragé, pour ne pas dire sommé, par Livio, qui écrivait au tableau, sans que personne sache encore de quoi il retournait. Chacun copia, un peu bêtement, scolairement, le numéro de ce paragraphe, contre lequel Hirschfeld avait lutté toute sa vie. Certains l'avaient déjà souligné de rouge, par un pur réflexe de bon élève, d'autres attendaient la suite, car il était palpable que Livio avait su mettre un peu de suspense dans sa façon d'amener ce point capital. Il n'allait pas gâcher son effet, conscient qu'il était de détenir une donnée essentielle, soudain un peu tendu, au moment d'entrer dans le vif du sujet.

Quand il eut fini d'écrire au tableau, il se retourna, et au lieu d'enchaîner, il renoua l'écharpe qu'il gardait autour du cou, tricotée par Camille au point jersey, et dont chacun avait le loisir de détailler la façon fantaisiste dont il l'avait enroulée, comme si elle le protégeait, et il posa une question, sa première question.

Quelqu'un savait-il ce que contenait le paragraphe 175 du Code pénal allemand ? Quelqu'un avait-il une petite idée ? Et l'on vit passer sur le visage des élèves le reflet naïf de leur jeune âge, on vit à la façon dont ils tordaient la bouche qu'ils étaient encore vierges devant l'Histoire, mais qu'ils tentaient de trouver une réponse. Ce « ils » incluait Camille, qui malgré son étude de l'allemand, et sa fréquentation assidue de Livio, ne flairait aucune piste.

Qui dit Code pénal dit crime, cela valait le coup de se creuser. On sentit que les élèves n'étaient pas gênés par leur ignorance, mais qu'ils aimaient la tournure que prenait la matinée, le jeu que leur proposait Livio, et l'idée que la suite allait ressembler à une déclinaison de devinettes n'était pas pour leur déplaire.

Personne n'osa répondre, pas même la professeure assise au fond, qui souriait sans qu'on eût pu dire si son sourire était de connivence, s'il trahissait sa propre méconnaissance du sujet, ou la perplexité qui commençait à la gagner. Quelques-uns s'étaient tournés vers elle, guettant sa réaction, parce qu'ils supposaient que Livio allait révéler une infamie, une anomalie, une discrimination qui montrerait à quel point la société allemande était alors ignoble et archaïque, et comment elle allait accoucher des monstres qui allaient occuper les programmes des cours d'histoire pendant des décennies.

Chacun attendait que sorte de la bouche de Livio la réponse à sa question, déjà prêt à s'indigner, chacun se préparait à commenter la grosse boulette inscrite au Code pénal allemand, chacun espérait que son voisin allait se lancer. Mais personne ne se risquait à faire une bourde, pas même Boris dont on sentait qu'il s'impatientait, sans émettre aucun son pour autant, lui qui ne renonçait habituellement à aucune vanne, pas même Marion qui sous-entendait pourtant qu'elle y était presque, un peu fayote comme toujours, et d'une prudence désolante sur ce coup.

C'est d'une voix faussement détachée que Livio énonça, en tirant cette fois les manches de son pull jusque sur ses mains, cachant le petit tatouage qui contrariait ses parents, que le paragraphe 175 était celui qui pénalisait l'homosexualité.

Il y eut un blanc que Livio tenta d'aménager en remontant son pantalon. Et l'on sentit Mme Martel bouger légèrement.

Pour faire diversion, Marion demanda si l'on ne devait pas dire « Code pénal prussien » plutôt que « Code pénal allemand », puisque ce paragraphe avait été rédigé bien avant que le royaume de Prusse devienne la république de Weimar. Mais de cela tout le monde se fichait. Marion, qui aurait mieux fait de se taire, obtint quelques « quèsaco » qui fusèrent dans les rangs, et comprit comme elle était ridicule, à vouloir ainsi pinailler.

Ce fut comme une surprise que leur fit Livio, un pas de côté dont Camille fut la première à se dire qu'il était hors sujet, déjà prête à tout entendre sur les violences des nazis et leur façon de condamner ce qui ne servait pas leur cause, prête à encaisser, comme ses camarades, quelques abominations méconnues de chacun, qui flatteraient leurs pulsions voyeuristes, complaisants et paresseux qu'ils étaient. Mais surtout, Camille ne comprenait pas pourquoi Livio abordait ce sujet sans l'avoir avertie, elle, avec qui il débattait de tout, à qui il confiait tout, ses peurs, ses nuits blanches, sa solitude de garçon unique si peu accordé à l'univers de ses parents.

Livio tenait son cap, il changea le verbe « pénaliser » en « criminaliser », ce qui voulait dire, précisa-t-il, que l'État allemand pouvait condamner à des peines de prison ce que la loi nommait des « actes indécents entre hommes » et priver les homosexuels de leurs droits civiques, et ce jusqu'en 1994.

Marion aurait voulu demander si les femmes étaient également concernées, mais elle n'osa pas reprendre la parole, se contentant de noter sur un coin de sa feuille.

Livio fit une petite pause après 1994, en haussant les sourcils, pour voir si les élèves suivaient. Une voix s'éleva derrière Camille, on n'aurait pas su dire si c'était celle de Ted ou de Boris, qui se fit confirmer la date. 1994 ce n'était pas rien, chacun avait un frère ou un cousin qui était né ces années-là, et avait quelques notions simples mais parlantes liées à la décennie, et notamment cette donnée principale selon laquelle l'époque était encore dépourvue de connexion Internet et de téléphonie mobile. Tous savaient cela, que les années 1990 avaient été le théâtre de cette révolution, et qu'ils s'étaient glissés dans les chaussons tièdes que ce big-bang avait préparés pour eux, comme pour fêter leur arrivée sur Terre, au tournant de l'an 2000.

Ted aurait voulu demander ce qu'il en était de la France, de la pénalisation de l'homosexualité, est-ce que c'était pareil chez nous, est-ce qu'on était aussi tordus que les Allemands, mais pris entre le désir d'attirer l'attention de Livio et la crainte de s'afficher, il préféra se taire en se promettant de vérifier l'information par lui-même.

Il ne s'agissait pas de passer toute l'heure sur un détail de date, enchaîna Livio, satisfait de voir malgré tout que ça commençait à bouger dans les rangs. Le mot « criminaliser » méritait d'être précisé. Autant il avait existé un Berlin plutôt épanoui après la Première Guerre mondiale, qui comptait nombre de cabarets et de lieux de rencontres, se risqua Livio en baissant les yeux, ce qui avait d'ailleurs beaucoup été reproché à l'Allemagne, dont on dit que la défaite de 1918 l'avait dévirilisée, autant le Troisième Reich avait mis un sacré tour de vis. Et là, Livio fit ce geste du poignet, que faisait parfois son père quand il parlait d'autorité, qu'il jugea superflu.

Cinquante mille personnes avaient été poursuivies, et pour certaines envoyées dans des camps de concentration pour cause d'homosexualité. Livio avait eu soudainement à la bouche le mot « camp de concentration », ce qui attestait que cela devenait sérieux, c'était du lourd, et grâce à ce sésame qu'il utilisait à dessein, il allait renforcer sa légitimité à s'imposer, même si, au moment le plus grave de son sujet, il s'accroupissait sur l'estrade, à la recherche de la craie qui venait de lui échapper, et montrait une partie de son caleçon, et aussi de ses reins, à cause de son pantalon exagérément taille basse, ce que Camille lui avait parfois fait remarquer, arguant que cette mode était puérile, dépassée, et pas à son avantage.

Certains commençaient à sourire, surtout les garçons des premiers rangs, encouragés par Romain qui faisait des bruits d'animaux, ce qui agaça Mme Martel, qui pria les élèves de se tenir. Pas question de se marrer, puisque Livio en était aux camps, aux raffinements qui allaient avec, et au fameux paragraphe 175 qui avait permis, bien avant 1933 et longtemps après la Seconde Guerre mondiale, de poursuivre les gays devant la justice. Là, Livio avait dit « gay », comme s'il s'était oublié, ou plutôt comme s'il avait décidé de rendre la chose plus contemporaine, un tantinet glamour, même si l'on pouvait parier que certains dans la classe avaient entendu « gai », ceux-là mêmes qui planaient quoi qu'il arrive, qui vivaient dans un monde parallèle dont ils ne redescendaient jamais. Et en même temps qu'il prononçait le terme « gay », on entendit comme un soupir qui venait du fond de la pièce, émis très probablement par la professeure, dont personne ne savait si elle approuvait la démonstration ou si elle commençait à souffrir de l'orientation que prenait l'exercice. À moins que ce soupir ne vînt de Sheriff, dont on avait pu remarquer qu'il s'agitait sur sa chaise, et qu'il faisait des boulettes de papier avec sa feuille pour l'instant demeurée vierge.

Hirschfeld avait donc créé la première organisation au monde à lutter pour la dépénalisation, et ce dès 1898, par un projet déposé au Reichstag (Livio explicita rapidement le terme pour les distraits), et une pétition signée deux décennies plus tard par plus de cinq mille personnes, dont Einstein lui-même. Vous vous rendez compte, insista Livio, notamment auprès des matheux, qu'il voulait se mettre dans la poche, Einstein !, espérant qu'une lueur allait s'allumer dans leurs yeux, mais aussi Rilke, Zweig, Tolstoï, Zola, ou Thomas Mann, une suite d'écrivains qu'il déclina sans regarder ses notes, comme s'il vivait dans leur compagnonnage nuit et jour, ce qui fit penser à Camille que Livio avait travaillé le fond de son exposé autant que la forme et qu'il était probable qu'avant d'entrer en scène il s'était entraîné dans sa chambre, devant le miroir, elle se demandait bien quand, puisque Livio passait la majeure partie de son temps avec elle. Il avait dû répéter cette brochette de noms plus d'une fois, pour pouvoir les livrer aussi sûrement que s'il avait décliné Mais Où Est Donc Or Ni Car.

Il est vrai que Livio, depuis qu'il s'était engagé auprès de Mme Martel, consacrait ses soirées, dès qu'il le pouvait, à visionner sur son écran d'ordinateur les images de ces brasiers érigés par les nazis, pendant que ses parents s'assoupissaient devant la télévision. Et très vite, à force d'explorer, de faire parler ces archives livrées le plus souvent sans le son, à force de remonter d'un fait à l'autre, il avait fini par croiser la route de Magnus Hirschfeld, qui était devenu comme un compagnon, soir après soir dans la pénombre de sa chambre, et cette rencontre, qui avait été comme une révélation, allait le tenir éveillé de plus en plus tard. C'était la première fois qu'il ne partageait pas une découverte avec Camille, il s'en était voulu mais il avait fait en sorte qu'elle ne s'en rende pas compte. En même temps qu'il passait en revue ces documents de plus en plus excitants, avide d'en savoir toujours davantage, il échangeait des textos avec elle, jusque dans la nuit bien avancée, qui parlaient de tout autre chose, comme si de rien n'était.

Cela faisait beaucoup d'informations d'un coup, en convint Livio, et pas mal de sous-entendus, quand il se surprit à oublier de respirer après cette énumération d'écrivains signataires, mais les élèves, ainsi que Mme Martel, se sentaient d'humeur à avaler quelques références et détails scandaleux, tant Livio avait soigneusement échafaudé la construction de son récit, ne manquant pas d'appuyer là où ça faisait mal, et il faut dire qu'il était béni, puisque le mal était à la fête, il n'avait que l'embarras du choix.

Livio s'interrompit et hésita un instant à poursuivre, comme s'il ne savait plus comment. Il demanda à Mme Martel, le plus docilement du monde, combien de temps était écoulé, ce à quoi elle répondit qu'il avait à peine commencé, tout allait bien, ils étaient tout ouïe, ce qui fit grimacer certains élèves, qui visiblement ne connaissaient pas l'expression.

Il avait tout naturellement prévu une parenthèse à propos de Thomas Mann dont la classe était en train d'étudier *La Montagne magique* en philosophie, au chapitre sur le temps, bien qu'aucun d'entre eux n'ait entrepris la lecture de ce roman de plus de mille pages autrement qu'en consultant des fiches disponibles sur Internet, à part Livio qui s'était interrompu, hélas, juste après l'arrivée de Hans Castorp dans le sanatorium de Davos où il rendait visite à son cousin, c'est-à-dire au tout début, mais qui s'était promis de poursuivre.

La pause que s'accordait Livio, qui remontait une nouvelle fois son pantalon sur ses hanches, ne semblait pas préméditée, il se mit presque à bégayer, et l'on eut l'impression qu'il venait de faire un lien, comme si sa parole tout juste proférée avait provoqué dans son cerveau une sorte d'éclair. Il a promené son index au-dessus de sa lèvre supérieure, là où le poil nouvellement rasé accrochait sous le doigt, quelque chose venait de faire tilt. Si Thomas Mann avait été un opposant au nazisme et un candidat à l'exil, comme Hirschfeld, ce que leur avait révélé le professeur de philosophie, il était aussi l'auteur de *La Mort à Venise*, cela lui revenait à l'instant, ce petit roman que Livio avait feuilleté au CDI quand il était en première, qui disait l'attirance d'un écrivain d'une cinquantaine d'années pour un jeune homme rencontré sur la côte Adriatique, mais qu'il n'avait pas osé emprunter de peur que la documentaliste ne se doute de quelque chose. Il se souvenait alors du trouble qui avait été le sien, des longues minutes où il s'était discrètement attardé entre les rayonnages pour parcourir ces lignes qui l'intriguaient, dont il comprenait subitement la portée, là debout sur l'estrade, sans qu'il ait pu partager avec la classe l'excitation qui était la sienne, et qui le faisait sourire intérieurement.

Pour se sortir de là et revenir à son sujet, Livio demanda à chacun ce qu'il pensait du fait que ces écrivains aient signé la fameuse pétition. Le signataire est-il nécessairement concerné par la cause ? Et qu'est-ce qu'être concerné par une cause ? Il espérait que quelqu'un allait répondre cette fois. Des pétitions, en signaient-ils ? Mais tous restèrent évasifs. Sauf Boris qui annonça, plutôt satisfait, qu'il venait de s'engager pour la défense des animaux en voie de disparition, ce qui sembla étonner le quatuor de filles installées aux premiers rangs, qui se retournèrent en prenant des airs attendris. Un garçon qui voulait sauver les ours blancs, elles n'avaient pas l'habitude, elles trouvaient cela trop chou. Et l'on entendit quelqu'un applaudir mollement.

On sentait que Mme Martel rongeait son frein, elle aurait voulu profiter de l'aubaine pour les tester à propos des migrants, ce n'était pas les pétitions qui avaient manqué à leur sujet. Elle proposerait bientôt, comme elle l'avait annoncé au retour des vacances de février, de réfléchir sur le groupe de jeunes Identitaires qui avait clôturé la vallée de la Roya pour leur faire barrage. Elle envisageait, à cette occasion, d'aborder la conférence d'Évian du 6 juillet 1938, organisée à l'initiative de Franklin D. Roosevelt, qui avait eu le plus grand mal à répondre à la question : « Faut-il accueillir les juifs qui fuient les persécutions nazies ? », faisant de cette réunion de démocrates « la conférence de la honte », espérant que ses élèves feraient le lien entre ceci et cela. En tant qu'enseignante, elle n'avait pas le droit de faire de politique. Elle ne pouvait que montrer, à défaut de démontrer. Elle essayait de mettre sous leurs yeux ce qui s'y trouvait mais qu'ils ne voyaient pas. En raison de leur jeune âge mais aussi parce que leur vie s'éveillait à des bouleversements bien plus vitaux et exaltants.

On la sentait trépigner, et bientôt s'agiter, sans céder à la tentation d'intervenir. On sentait qu'elle se retenait face aux propos de Livio, qui ouvraient un boulevard, ce qui la rendait fébrile.

On aurait pu retourner la chose et demander à Livio s'il fallait être concerné par la cause de Magnus Hirschfeld pour vouloir ainsi raconter son combat. Question qui venait de s'abattre sur Camille depuis que Livio avait pris la parole. Pourquoi s'était-il embarqué dans cette aventure de premiers autodafés de l'histoire du nazisme ?

Étrangement, Livio ne regardait pas Camille. Pas une seule fois depuis qu'il avait ouvert la bouche il n'avait tourné les yeux vers elle, à la recherche d'un signe d'approbation ou d'une éventuelle complicité. Pas une fois il n'avait eu besoin de son soutien, ni même de sentir son intérêt, pour ne pas dire son admiration. Il semblait au contraire que la présence de Camille ne l'aidait pas, comme si elle était un témoin embarrassant, et plus Livio allait avancer dans sa démonstration, plus Camille allait être décontenancée, sans pour autant comprendre ce qui se déroulait sous ses yeux, sans doute était-elle trop proche, comme aveuglée.

Livio fit ensuite allusion à Rilke, dont ils avaient étudié les *Lettres à un jeune poète* l'année précédente. Cela changeait tout, de retrouver ces écrivains engagés pour une cause, soulignait Livio, qui montrait comment la littérature s'invitait en cours d'histoire, tout en caressant Mme Martel dans le sens du poil. Cette dernière se félicitait de ce genre de remarque, on s'en doute, qui calmait un peu la nervosité qui la gagnait.

Livio dit « *well well* », provoquant des rires, et laissant entendre qu'il avait conscience de sa trop longue digression, puis il repoussa sa mèche une nouvelle fois en bougeant son grand corps et tourna la page format A4 sur laquelle il avait imprimé les différents chapitres de son développement. La pétition, il en était à la pétition signée en 1922 par cinq mille personnes et intellectuels, et en revenant sur ce fait, chacun put réaliser qu'un siècle plus tôt la vogue de la pétition faisait déjà rage, même si on imaginait aisément que ce n'était pas dans les mêmes proportions qu'aujourd'hui. Il fallait alors sortir de chez soi et se bouger autrement qu'en cliquant avec une souris, et là, Livio fit un aparté à l'adresse de Boris en lui disant que cela ne minimisait pas son action pour les animaux sauvages, ce n'était pas ce qu'il voulait dire. Ce à quoi il ajouta qu'un grand nombre de pétitions en germe au début du siècle avaient été balayées par la montée du nazisme, aussi sûrement que les nouvelles lois discriminantes allaient être votées.

Mais avant de se lancer dans cet exercice périlleux, qui consistait à rappeler à la classe ce que le tout jeune parti nazi allait nommer « l'esprit non allemand », contre lequel il allait mettre une énergie féroce à lutter, Livio fit un petit zoom arrière. Il demanda à chacun s'il se rendait bien compte que Magnus Hirschfeld était devenu une personnalité importante en Allemagne, non pas un marginal, un hurluberlu qui avait rassemblé quelques notes autour des sciences de la sexualité sur un coin de bureau, mais un homme qui avait érigé un institut, un centre de recherche, recevait des patients, consultait en tant que médecin, organisait des colloques internationaux, adjectif qu'il accompagna d'un geste du bras disproportionné, écrivait des livres, et avait créé cette fameuse revue avec un comité scientifique dont la devise était :

« La justice grâce à la connaissance. »

Livio crut utile d'écrire l'expression au tableau, une suite de mots que les élèves s'empressèrent de recopier, en se disant qu'elle devait ravir Mme Martel, qu'on n'entendait pas, mais dont on percevait la présence vers la fenêtre du fond, désormais debout à se frotter les épaules près du radiateur désespérément froid, dont elle n'avait pu s'empêcher de tourner le robinet comme le faisaient tous les professeurs qui se succédaient dans cette salle, surnommée la glacière, sans que les plaintes réitérées auprès de l'administration aient pu résoudre le problème.

Elle avait dû noter cette expression en même temps qu'elle avait pesté contre le radiateur, et chacun aurait pu parier qu'elle ne manquerait pas de l'utiliser à la première occasion, cette expression rassurait chacun – enfin ceux qui se donnaient la peine de suivre, car il était évident que la poignée de garçons installés au fond, fluidement étalés sur leurs chaises, n'écoutaient que d'une oreille assez sélective –, et chacun eut envie de l'adopter, elle pourrait même devenir une devise pour le lycée, avait suggéré Livio, dont on eut peur soudain qu'il n'en fît trop.

La justice, il en avait été question copieusement, quand avait été organisée cette sortie à l'automne au Centre d'histoire de la résistance et de la déportation (CHRD), et que la classe avait visité les sous-sols dans lesquels Klaus Barbie avait torturé, en tant que chef de la Gestapo de Lyon. La question avait été posée aux élèves de savoir ce qu'ils pensaient du fameux procès Barbie, qui avait mobilisé plus de neuf cents journalistes l'année 1987, bien avant leur naissance, et condamné le « Boucher de Lyon » à la prison à perpétuité pour crimes contre l'humanité, plus de quarante ans après les faits. Le lendemain de la visite, alors que tous étaient encore remués par les témoignages de victimes de Barbie qu'ils avaient visionnés in situ, et la présence d'un wagon à bestiaux dans lequel ils avaient pu pénétrer, après qu'on les avait sommés de ne pas faire de commentaires déplacés, Mme Martel avait demandé aux élèves ce qu'ils en pensaient, de l'idée de condamner un homme en fin de vie, est-ce que cela apportait réparation. Est-ce que la justice avait été rendue. Et bien sûr, lors du débat organisé en classe, il avait été question de la peine de mort, abolie en France au siècle dernier par un président dont la plupart n'avaient que vaguement entendu parler, élu par leurs parents ou même leurs grands-parents, ce qui n'était pas la meilleure publicité qui soit, et dont personne ne pouvait dire grand-chose, si ce n'était qu'il avait porté l'espoir d'idées socialistes, c'est-à-dire les mêmes que Jean Jaurès, qui était au programme, ce sur quoi ils n'avaient pas d'avis.

Les lycéens avaient tenté tant bien que mal de relier un fait à l'autre, et c'était assez confus, ils avaient réagi au coup par coup, avaient été ébranlés d'apprendre que ce même Barbie avait fait déporter les enfants d'une école à Izieu, un endroit où les parents de Camille l'avaient emmenée en promenade un dimanche, elle se souvenait de cela, avant qu'ils divorcent, ils étaient allés cueillir des jonquilles dans les environs, et au retour, alors qu'ils passaient à proximité du village d'Izieu, innocemment niché contre une colline, le père avait dit à la mère que c'était par là, l'école des enfants déportés, Camille se souvenait qu'il l'avait fait remarquer à voix basse, conscient qu'il prononçait une obscénité. Camille avait compris sans comprendre, elle avait alors une dizaine d'années, elle avait imaginé que « déporté » voulait dire enfant battu, ou enfant abandonné, elle ne savait pas exactement, en tout cas elle avait senti qu'il s'était passé dans ce village quelque chose qu'il convenait de taire.

Il avait fallu que Camille attende cette année de terminale pour faire le lien entre Izieu, Klaus Barbie et aussi Jean Moulin, dont elle venait de comprendre qu'il avait été arrêté à Caluire-et-Cuire, la banlieue où vivait sa grand-mère, pour que les éléments du puzzle commencent à s'assembler.

Mais cette justice-là qu'évoquait Magnus Hirschfeld était tout autre, cette « justice grâce à la connaissance » n'avait qu'un but : faire admettre ce qu'il essayait de démontrer scientifiquement avec les membres de son comité, à savoir le caractère inné de l'homosexualité, et par là même espérer faire disparaître l'hostilité à son égard.

C'était l'une des paroles de Hirschfeld les plus rassurantes que Livio avait glanée sur Internet, qui disait que l'homosexualité n'était ni un vice, ni un crime, ni même une maladie, ce dont il doutait encore quand il était entré dans l'adolescence et que rien ni personne ne pouvait calmer son inquiétude.

C'était au moment où il s'était rendu compte que quelque chose s'emparait de lui, de plus en plus ardemment, depuis ce jour où ses parents avaient appelé un plombier pour colmater cette fuite d'eau qui suintait du plafond, et que le jeune homme arrivé avec sa caisse à outils, alors qu'il tentait de comprendre la logique de l'écoulement des fluides, debout sur son escabeau en veste de travail, puis bientôt en simple tee-shirt, avait exercé sur lui une attraction impossible à contrôler. D'autant qu'il levait les bras pour sentir, comme il disait, si l'eau était plutôt claire ou chargée de quelconques particules, ce qui l'aurait mis sur la piste en attendant que les voisins du dessus rentrent du travail, et que sa puissante extension vers le haut redessinait au plus saillant les épaules, les biceps et le torse, sous l'œil attentif de Livio à qui le plombier avait demandé un torchon pour essuyer la sueur qui commençait à lui couler dans les yeux.

C'était comme cela que ça avait commencé, cette attirance dont il avait espéré qu'elle serait passagère et qui l'avait conduit à chercher des images, toujours plus d'images, sur les murs de la cité, dans les revues que sa mère rapportait à la maison, sur les publicités déposées dans la boîte aux lettres, avant qu'il soit autorisé à se servir de l'ordinateur familial en l'absence de ses parents.

Une entreprise gonflée pour l'époque, admit Livio, qui venait d'évoquer le caractère inné de l'homosexualité, sans laisser le temps à ses camarades de réagir, comme s'il avait peur qu'on ne lui demande de plus amples explications, puisqu'il les invitait à présent à cavaler avec lui vers un autre concept, qu'il inscrivit au tableau dans un mouvement de craie malheureux qui flingua les tympans de la classe entière, provoqua une mini-insurrection et permit aux filles de surjouer l'agression en poussant des cris aigus et se laissant aller à des gestes effarouchés. Ce qui donna cette fois l'occasion à Mme Martel d'entrer en scène et de noyer le poisson, criant à plusieurs reprises « Mesdemoiselles ! » en se raidissant, devant les filles quasiment possédées, dont elle obtint, non sans mal, qu'elles retrouvent le calme.

Tout le monde avait perdu le fil, ce qui tombait bien. Livio ne savait pas s'il devait dévoiler les trois mots qu'il venait d'écrire à la craie, pris soudain d'un doute. N'allait-il pas trop loin ? Il restait debout, indécis, la tête masquant l'inscription qu'il était encore temps d'effacer, pas pressé que le silence revienne.

Il fit comme une grimace de douleur, s'excusa auprès des filles à qui il demanda si leurs oreilles avaient survécu, puis il prit l'air compréhensif de celui qui compatit et annonça finalement, avec un sérieux très scientifique, la théorie du Troisième Sexe,

que Hirschfeld développa pour avoir un argument de poids dans son combat pour la dépénalisation du paragraphe 175.

Livio avait lâché le nom de la théorie et était face à ce remords qu'il avait pourtant anticipé quand il répétait son exposé dans la solitude de sa chambre. Il était allé au bout de sa démonstration, il avait pris ce risque, et c'était comme s'il se montrait nu devant la classe, un peu sonné de la vitesse à laquelle c'était arrivé, et de l'enchaînement qui l'avait conduit là, comme si tout avait convergé vers ce point de transparence, sa vie d'adolescent tourmenté, ses recherches secrètes, sa peur de l'avenir, et son désir d'en finir avec le mensonge.

Il aurait pu s'arrêter juste avant l'inscription au tableau, rien ne l'obligeait, il y avait eu le grincement de la craie, les cris, comme un avertissement à ne pas poursuivre. Et pourtant il était allé au bout, il l'avait fait.

Même s'ils n'avaient pas tous lu Simone de Beauvoir qui, il faut bien l'admettre, avait intéressé les filles plus que les garçons lors de leur année de première, chacun savait parfaitement ce qu'on entendait par premier et deuxième sexe, comme on disait sexe fort et sexe faible, et il va sans dire que certains, parmi les germanistes, ont cru pendant quelques secondes que ce Troisième Sexe n'était autre que ce genre neutre dont la langue allemande a le secret, et qui se dilue dans des déclinaisons ni masculines ni féminines, une troisième voix, que le « *das* » désigne innocemment, comme « *das Buch* », le livre, allez savoir pourquoi le neutre justement dans ce cas.

Mais le Troisième Sexe que Livio avait inscrit au tableau, c'était autre chose, tout sauf neutre évidemment, une voie nouvelle, une avant-garde encore une fois, une proposition qui sidérait chacun, émise il y a juste un siècle, qui répondait à une simple réalité, comme l'a souligné imprudemment Livio, qu'il aurait été temps de reconnaître. Livio précisa qu'il passait sur la question, sous-entendant qu'il n'allait pas leur faire un dessin, et c'est à ce moment-là que Mme Martel, toujours près du radiateur froid, a lancé à voix haute qu'en effet il était préférable de passer, l'exposé était passionnant, on avait hâte d'arriver à la partie sur l'autodafé, mais là vraiment,

Livio abordait une problématique qui n'avait pas lieu d'être débattue en cours d'histoire. Ce qui créa une rumeur dans les rangs, quelques soupirs énervés, dont on ne sut s'ils contestaient les paroles de Mme Martel ou celles de Livio.

Livio, qui avait gardé en tête le mot « problématique », ne prêta pas trop attention aux commentaires qui fusaient çà et là, et écouta plutôt Ted demander si ce que Hirschfeld nommait le Troisième Sexe était ce qu'on désigne aujourd'hui comme LGBT, dans un désir de calmer le jeu et de montrer que la sauce montait autour d'un non-événement, ils n'étaient pas des demeurés. Livio fit un *give me five* discret à l'attention de Ted, et poursuivit, comme l'encourageait Mme Martel, qui réitérait un geste vif et circulaire de la main, celui-là même qui signifie « Circulez, y a rien à voir ». Tout en désignant à Livio le cadran de la montre qu'elle portait au poignet.

Et là, contre toute attente, alors qu'on revenait sur les rails qui devaient conduire à la terrible fin et à l'odieuse purification par le feu, ce pour quoi la classe était officiellement rassemblée ce matin, Livio voulut gratifier l'assistance d'une petite parenthèse, qui, l'assura-t-il au professeur à qui il s'adressa cette fois personnellement et sur un ton presque solennel, était un fait purement historique qu'il était important de ne pas ignorer, et sur lequel Hirschfeld s'était penché largement, les cas de femmes-soldats parmi les rangs de l'armée allemande pendant la guerre de 1914-1918. Ce qui eut le don d'agacer copieusement les nazis, qui n'aimaient pas être confrontés à ce genre de blague. Même a posteriori.

Comme le soleil montait en cette matinée de fin d'hiver glacée, Livio se trouvait depuis quelques secondes dans un rayon qui venait le chercher et l'agacer, bien à l'oblique. Il ne pouvait pas échapper au regard des autres, confortablement installés à leurs postes d'observation, qui scrutaient la moindre de ses mimiques, s'attardaient à détailler son visage aux aguets, la rougeur mal camouflée sur l'aile de son nez et sa pomme d'Adam qui affleurait au niveau de l'écharpe. Camille, gênée pour Livio qui devait esquiver ce plein feu, et surtout sidérée de le voir s'enhardir sur des chemins qu'ils n'avaient jamais eu l'occasion d'emprunter ensemble, demanda si on ne pouvait pas baisser le store, peut-être également pour différer ce qu'elle n'avait pas envie d'entendre. Et ce fut l'occasion d'un petit remue-ménage, si l'on considère que la plus infime action est comme une révolution dans une salle de classe, et qu'il fallut un certain temps pour déplier un store un peu long à la détente. Certains ont commencé à se plaindre de la trop grande obscurité, d'autres ont voulu allumer les néons, d'autres encore se sont levés pour soi-disant se dégourdir les jambes ou pour jeter des peaux de mandarines à la corbeille, ce qui a eu pour conséquence de fragiliser Livio qui sentait depuis un moment les battements de son pouls s'accélérer.

Pourquoi tenait-il à cette digression à propos des femmes-soldats, c'est ce qu'était en train de se demander Mme Martel, alors que le temps imparti commençait à se réduire, pourquoi ne pas filer directement vers sa conclusion, qui devait être le clou de la matinée ?

Ces femmes-soldats étaient-elles de simples femmes qui avaient déjoué la loi interdisant leur enrôlement militaire, ou avaient-elles profité de la situation pour avoir l'occasion de se vêtir en homme et de se rapprocher de leur véritable identité ? se risqua alors Livio à la suite de Hirschfeld. Cela n'était-il pas étrange que des femmes aient à ce point le désir de combattre et de porter armes et uniformes ? Pour bien se faire comprendre, Livio impliqua une nouvelle fois les élèves et demanda aux filles ce qu'elles en pensaient. Se sentaient-elles frustrées de ne pas être appelées à faire la guerre ? Regrettaient-elles de ne pas avoir à connaître la vie de tranchée ? Patate chaude dont elles ne surent que faire, à part Jessie qui admit qu'une femme pourrait tout à fait désirer défendre son pays, pourquoi pas, cela les choquait-il ? Marion répondit en prenant l'air dégoûté que franchement non, elle préférait ne pas. Une rumeur de plus en plus touffue montait, faite de voix de filles autant que de voix de garçons, qui semblaient confirmer qu'ils n'étaient pas prêts à se battre pour la patrie, ce à quoi les uns ajoutaient qu'il faudrait d'abord savoir ce qu'on appelait la patrie, et les autres qu'ils n'étaient pas fous, la patrie ça passait après, sans dire après quoi, à quelques exceptions près. Livio semblait retrouver son énergie, son esprit galopait à nouveau et s'abreuvait à toutes les réactions.

Livio dit que Hirschfeld était comme eux, il n'y avait pas cru, à ces Allemandes qui voulaient absolument guerroyer. D'autant que les soldats, les hommes, les vrais – et là, il se rongea la peau du pouce – s'étaient laissé abuser, aussi incroyable que cela puisse paraître, ils n'avaient pas décelé les femmes sous l'habit militaire. C'était au moment de les porter en terre, après que certaines avaient été tuées sur le champ de bataille, qu'ils avaient découvert un corps de femme sous les couches de vêtements. L'image était belle et Livio prit le temps de la laisser planer un instant, comme en signe de recueillement, alors que certains hochaient la tête pensivement. Il prononça le mot « travesti » sans en avoir l'air, et l'astuce passa comme une traîne légère, convoqua en chacun d'entre eux la nostalgie des déguisements rangés dans leurs armoires d'enfants, les panoplies de pompiers, de pirates ou de sirènes qui leur avaient prodigué il n'y a pas si longtemps la possibilité de croire en une autre vie.

Quelqu'un a demandé si cela avait été également le cas dans les tranchées de l'armée française, est-ce qu'il y avait eu des femmes ? On leur avait toujours dit qu'elles étaient restées à l'arrière, à l'usine et dans les champs.

Livio était déjà ailleurs, il pensait à cette chose incroyable que Hirschfeld avait accomplie, en collaborant avec le responsable de la police de Berlin pour que fût créé un « laissez-passer de travesti » à l'usage des personnes qui souhaitaient s'habiller avec les vêtements du sexe opposé sans qu'elles soient inquiétées.

Livio avait ralenti l'allure, il sentait qu'on l'écoutait, ce qui le rassurait en même temps que ça l'effarait. Il voulut faire une blague pour faire redescendre la pression, mais rien ne lui vint que cette histoire de laissez-passer qu'il ne pouvait pas se permettre de détailler dans une salle de classe, alors il fit cette tête que Camille aimait, celle du garçon qui joue l'innocent, qui se frotte les mains parce qu'il a froid, et qu'on a envie de réchauffer, de prendre contre soi. Camille s'attendrissait et s'en voulait. Plus elle le regardait plus elle l'aimait, même si elle commençait à comprendre, et que cela l'effrayait.

Pour laisser tout le monde respirer, ce fut la formule qu'employa Livio, et pour montrer une facette plus ludique de Hirschfeld, il annonça qu'il allait parler cinéma et fit part d'un film sorti en 1919 dont Hirschfeld avait coécrit le scénario, dans lequel il tenait un petit rôle, et qui avait été, lui aussi, brûlé par les nazis.

Il s'agissait d'*Anders als die Andern*, un film muet sur lequel il était tombé à force de recherches sur Hirschfeld, et qui avait sauvé l'un de ses dimanches après-midi, alors que ses parents étaient allés marcher jusqu'au stade, à l'entrée de la cité, et que Camille n'avait pu se soustraire à cette journée où elle tirait les rois avec sa famille paternelle. Les images en noir et blanc avaient tout d'abord rebuté Livio, à cause de l'attitude un peu figée des personnages, de ces notes martelées au piano et de ces « cartons » qu'il avait dû déchiffrer, en allemand ou en anglais, puisqu'il n'avait pas pu trouver de version française, mais avaient bientôt fini par le happer tant le propos était moderne et militant.

Anders als die Andern, annonçait Livio en attendant que quelqu'un traduise, et là, il s'adressa aux germanistes dont il faisait partie, est-ce que ce titre vous inspire ? Oui, encouragea-t-il, vous brûlez…

Différent des autres,

exactement. Livio nota au tableau, sans faire crisser la craie cette fois. C'est David qui réussit la conversion le premier, mais sans réaliser tout de suite ce que signifiait ce titre. L'un des premiers films dans l'histoire du cinéma, précisa Livio, qui aborde l'homosexualité – 1919, décidément, quelle année ! –, un film de Richard Oswald avec le grand acteur Conrad Veidt qui, soit dit en passant, avait dû fuir l'Allemagne nazie après son mariage avec une femme juive. Ce film fut un exemple de censure, précisa Livio, puisque les copies disparurent et qu'on crut le film perdu pendant près de quarante ans, ce qui ne semblait émouvoir personne, à la grande déception de Livio, qui se sentit lâché, comme après un gag qui tombe à plat. Mais il faut admettre, à la décharge des adolescents, que le terme de « copies » n'avait qu'une réalité très relative pour cette génération d'élèves qui n'avait jamais vu de près une bobine de cinéma.

Mme Martel s'était levée et regardait à présent par la fenêtre puisque, semblait-il, il se passait quelque chose dans la cour d'où montaient des cris, créant une nouvelle désaffection du discours de Livio, pour porter chacun vers l'action en train de se dérouler hors-champ, dont on n'apprit rien si ce n'était que des parents d'élèves avaient pris à partie un enseignant, c'est en tout cas ce que crut comprendre Mme Martel, qui invita les élèves à rester concentrés et à écouter la suite de l'exposé.

Livio, qui ne tournait toujours pas la tête vers Camille, dont les yeux ne le lâchaient pourtant pas, proposa que le ciné-club du lycée puisse diffuser *Anders als die Andern*, et là, il dut capter à nouveau l'attention de chacun, il eut comme un petit coup au moral mais il n'avait pas le choix. C'était l'histoire d'un musicien, poursuivit-il, victime de l'intolérance et de la discrimination, deux mots qu'on entendait souvent dans la bouche des professeurs et aussi du proviseur, un violoniste virtuose qui s'interroge sur une vague de suicides qu'il relie au fameux paragraphe 175, qui pourrissait la vie de nombreux garçons.

Ce à quoi Mme Martel répondit qu'on verrait, cela ne lui appartenait pas de faire la programmation du ciné-club, mais il serait possible d'en reparler, il faudrait qu'elle ait visionné le film pour savoir s'il était, enfin si elle pouvait, disons si le film avait des vertus pédagogiques, ce à quoi Livio répondit que sa portée pédagogique ne serait peut-être pas du même ordre que *Indigènes* ou *Gravity*, diffusés les mois précédents, mais qu'il y avait beaucoup à apprendre à voir jouer Conrad Veidt, que le rôle muet dans *Le Cabinet du docteur Caligari* avait changé en icône, une précision que certains trouvèrent un peu snob. Et puis c'était un film qui pourrait séduire M. Bernhard, qui rêvait que les lycéens s'intéressent de plus près à la culture allemande. Mme Martel, qui commençait à s'impatienter, proposa qu'on puisse plutôt projeter *Fahrenheit 451*, le film de Truffaut, dans lequel il est question de livres qui brûlent, et d'autres choses trop longues à résumer dans l'instant, mais qui devraient les passionner.

Mme Martel reprenait la main. Elle n'avait certes jamais cessé d'être la boss, et c'était aussi pour cela que les élèves la respectaient. La pertinence de sa repartie avait évité à Livio de s'embarquer dans une situation critique. Il n'aurait pas aimé, à bien y réfléchir, partager avec la classe les gestes et reparties des personnages projetés sur grand écran, qu'il avait visionnés allongé sur son lit dans l'intimité de sa chambre, et qui disaient, par l'entremise d'un médecin joué par Hirschfeld lui-même, que les homosexuels pouvaient apporter une précieuse contribution à l'humanité.

Ce qui lui avait redonné espoir et laissé entrevoir qu'il y avait sans doute pour lui un endroit sur cette Terre où il pourrait se faire accepter.

Livio fronça les sourcils comme s'il tombait sur un os, comme si l'ombre au tableau, ce n'était pas cette histoire d'autodafé, dont il tardait à révéler le contexte, mais ce qui avait fâché les nazis. Et il avoua qu'il avait échoué à savoir ce qui se passait réellement – et là, il appuyait sur le « réellement » – dans le fameux Institut pour la recherche sexuelle, croyant ainsi garder l'attention des élèves. Cet établissement, le premier au monde du genre, redit Livio comme si l'on n'avait pas encore compris, demeurait malgré tout un mystère, il aurait aimé comprendre plus précisément ce qu'était ce Comité scientifique humanitaire cofondé par Hirschfeld, à moins d'aller à Berlin enquêter sur place, et il ajouta qu'il regrettait de ne pas avoir profité du voyage scolaire organisé l'année précédente pour interroger des témoins, même si des témoins de l'époque, il ne devait pas en rester beaucoup.

Mais l'année dernière, il n'était pas prêt, il n'avait pas encore tout à fait grandi, il était trop occupé à trouver sa place chez lui après l'accident qu'avait eu son père en tombant d'un échafaudage, et qui l'avait cloué à l'appartement six semaines durant, à claudiquer entre la chambre parentale et le canapé du salon qu'il mobilisait une partie de la journée. Le voyage à Berlin, auquel il avait participé avec Camille, Marion, David et quelques autres, avait été comme une bouffée d'air, parce que Livio ne supportait plus de cuisiner pour le père, qui préférait écouter la radio plutôt que de parler avec lui. Il n'était pas prêt, l'an dernier, à se préoccuper de ce qui s'était déroulé à Berlin un siècle plus tôt, tout cela mûrissait probablement dans son esprit, lentement, et l'heure était venue, son heure c'était là, maintenant, sur l'estrade, ce moment à ne pas rater. Dont tout le monde se souviendrait.

Et pourtant, il s'était passé quelque chose à Berlin, dont il n'avait pas pris la mesure alors, mais qui avait tout déclenché. Cela avait eu lieu le dernier jour, quand ils s'étaient trouvés en présence de la « Bibliothèque engloutie », cette œuvre creusée sous la Bebelplatz, à l'endroit même où avait eu lieu l'autodafé du 10 mai 1933, et qu'ils avaient regardé à travers la paroi vitrée ces rayonnages étrangement vides. Livio n'avait rien ressenti de particulier dans l'instant, en présence des autres lycéens qui piétinaient, c'était venu après, une fois rentré chez lui. Il s'était souvenu de ce trou uniformément blanc au-dessus duquel il s'était trouvé les bras ballants, qui était un peu comme la cavité qui se creusait en lui, cet endroit dévasté sur lequel il était incapable de mettre un mot. Il avait commencé à chercher sur Internet, il avait tapé le nom de l'artiste, Micha Ullman, tout simplement, et les choses s'étaient enchaînées. Sans plus jamais le lâcher. C'était la « Bibliothèque engloutie », ce trou creusé sous les pavés, qui l'avait conduit à Magnus Hirschfeld. Il avait commencé à comprendre que tout était relié.

Livio demanda, en adoucissant la voix, si on ne pourrait pas remettre au point un petit voyage pour mener l'enquête, on pourrait en parler à M. Bernhard, est-ce qu'il y aurait des volontaires ? Mais personne ne répondit, comme si le simple fait d'acquiescer aurait été se dévoiler, montrer un trop grand intérêt pour ces choses dont Livio les entretenait. Personne ne prit le risque de se rallier. Même si Ted en mourait d'envie.

Ce que Livio avait réussi à savoir, et c'était important qu'il apporte ces précisions, pour qu'on comprenne bien pourquoi les nazis avaient saccagé les lieux, c'est que cet Institut de sexologie, qui renfermait une collection d'archives unique en son genre – Livio insista, parce qu'il sentait que ce qu'il jugeait exceptionnel n'avait pas l'air d'impressionner ses camarades autant que lui –, comptait aussi trois cent cinquante mille photographies venues du monde entier, sur lesquelles Livio ne s'attarda pas, au grand soulagement de Mme Martel. L'Institut publiait aussi les premières statistiques sur le comportement sexuel, et là, ce mot de « comportement » sonna étrangement aux oreilles des garçons et des filles, et leur fit penser aux genres de babouins qu'ils étaient, des babouins ou des bonobos dont les scientifiques étudiaient les mœurs fantaisistes. Magnus Hirschfeld faisait partie de ces scientifiques, à chercher sans relâche ce qui, dans la vie sexuelle humaine, relevait de l'inné ou de l'acquis, comme Livio l'avait déjà évoqué, mais il n'était pas contre l'idée d'enfoncer le clou. C'était un peu comme la nature et la culture qui les avaient occupés tout l'automne en cours de philosophie, ajouta-t-il en faisant mine de s'arracher les cheveux, un sujet sur lequel il était probable qu'ils tombent au bac.

L'Institut, constitué de plusieurs départements techniques, dispensait des enseignements, proposait aussi des consultations pour les homosexuels, ce qui était absolument nouveau, précisa Livio, ainsi que des informations sur la contraception ou les maladies vénériennes.

Livio accéléra son débit, comme s'il avait besoin d'action, et remit sa mèche en place d'un mouvement de tête nerveux. Le sida n'avait pas fait son apparition, rappela-t-il, à l'époque de Hirschfeld on souffrait de syphilis, et là, chacun fit mine d'être au courant, certains élèves hochaient la tête, pour montrer qu'ils suivaient, que Livio n'avait pas le monopole de cette information, et Livio le sentit, Livio comprit qu'il ne pouvait pas se laisser aller à faire le malin. On leur avait parlé de syphilis l'an dernier en français à l'évocation de la littérature du XIXe siècle, qui était un peu comme le sida finalement, sauf que la syphilis, dans leurs esprits encore jeunes, si elle était la maladie de l'époque et aussi celle de la honte, s'attaquait à des hommes comme Flaubert ou Maupassant, et donc portait en elle ses lettres de noblesse, c'était le cas de le dire. Alors que les images que les élèves avaient vues de l'épidémie de sida mettaient le plus souvent en scène des minorités aux « comportements à risques », comme il était dit dans les dossiers pédagogiques qu'ils pouvaient consulter au CDI, et cela faisait une sacrée différence dans les esprits. Ils considéraient ce fléau depuis leur position d'adolescents d'aujourd'hui, c'est-à-dire quasiment hors d'atteinte, qui savaient que l'épidémie était derrière eux. Ils n'avaient finalement compris ce que le sida avait représenté pour la génération de leurs parents qu'en visionnant le film *120 battements par minute*, qui fut un choc, une sidération, pour la poignée d'entre eux qui l'avaient téléchargé, ce qui était le cas de Livio et de Camille, qui l'avaient regardé blottis l'un contre l'autre sur le lit de Camille, puisque dans la banlieue où ils vivaient aucun cinéma ne diffusait ce genre de film, et que de toute façon au cinéma ils n'y allaient pas.

Il n'était pas là pour faire un point sur le sida, se disait Livio, et encore moins pour détailler la façon dont l'ombre planait encore sur leurs têtes. C'était finalement une notion assez floue, dont il leur semblait qu'elle ne concernait que les autres, sans trop savoir quels autres, s'ils voulaient être honnêtes, les autres, c'étaient ceux qui avaient une vie suspecte, ceux qui se plantaient des seringues dans les veines, ceux qui traînaient dans les caves des immeubles à jouer à des jeux dangereux, c'étaient les garçons entre eux qui ne se protégeaient pas, les prostituées, toute cette population que la morale réprouvait, c'était ce qu'ils croyaient.

Et là, pendant que Livio parlait de la syphilis et de comportement sexuel, qu'il fallait entendre comme pratique ou, selon ce que serinaient les médias, d'orientation sexuelle, comme on parlait d'orientation après le bac, Camille ouvrait les yeux, commençait à voir ce que Livio avait toujours impeccablement caché. Camille faisait des liens, elle se remémorait cette soirée où, marchant dans la nuit tombante sur le terrain militaire, elle avait enfin espéré l'embrasser, ce qui avait déclenché une réaction bizarre de sa part, et un petit rire. Il avait joliment botté en touche en disant que non, qu'il était contagieux, ce qu'elle avait naturellement pris pour une plaisanterie, une *joke*, ha ha, la bonne blague.

À part les archives, sur lesquelles Livio dit qu'il reviendrait, les consultations d'ordre médical mais aussi psychologique auxquelles il aimerait consacrer cinq minutes, il demanda si les élèves avaient une autre idée. Que pouvait-il se passer entre les murs de l'Institut qui rendait les nazis fous au point de vouloir saccager les lieux ? Il se planta face à la classe et laissa quelques secondes pour que les élèves réfléchissent, mais chacun eut l'air plus gêné que prompt à coopérer. Camille avait pour sa part une vague idée mais elle ne voulait pas attirer l'attention, elle ne voulait pas mélanger les choses, c'était déjà assez pesant d'être la soi-disant petite amie de Livio, avec ce qu'elle entendait depuis de longues minutes.

Ce qui se passait à l'Institut, personne n'osa s'essayer à l'imaginer. Aucune main ne se leva. Mme Martel suçait des pastilles à la menthe forte, qu'elle finissait par croquer de moins en moins discrètement, prête à intervenir à la moindre alerte. Alors Livio demanda s'ils étaient prêts, sans sourire cette fois, mais avec au contraire une gravité qui s'affichait sur le visage. Il voulut écrire au tableau, puis se ravisa, comme s'il ne trouvait pas les mots qu'il s'apprêtait à tracer à la craie. Livio se tourna vers ses camarades et dit simplement que c'était là qu'eut lieu la première opération de changement de sexe effectuée en Allemagne, et ce dès 1930. Un genre de frisson parcourut la classe, des pieds se mirent à racler le sol, et quelques ricanements fusèrent ici ou là, doublés des cris d'animaux dont Romain avait le secret et dont il expérimentait une variante plus simiesque.

Chacun espéra, et en premier lieu la professeure, que Livio ne donnerait pas de détails sur l'opération de Lili Elbe. Ce qu'il comprit puisqu'il se contenta de préciser que Lili était un peintre danois qui devint une femme, et que si cela intéressait certains, ils pourraient toujours se procurer l'autobiographie de Lili Elbe, publiée sous le titre explicite *Man Into Woman,* si toutefois ce livre était disponible en français, ce qu'il ignorait. A priori, personne ne prit de notes, personne ne voulut laisser penser que la question le concernait, ce n'était pas le moment de se laisser aller à consigner quoi que ce soit, ni le nom, ni le titre, et chacun demeura immobile, le menton bien en l'air, les yeux dans le vague ou cherchant le ciel de l'autre côté des vitres hélas occultées par le store. On entendit un garçon se moucher, très enrhumé soudain, on vit une ou deux silhouettes plonger vers leur sac pour en récupérer n'importe quel objet, et consulter le fameux téléphone portable interdit sur les tables. On assista aux prémices du malaise qui commençait à poindre, sans qu'on ait pu savoir si la gêne allait se changer en contestation, et venir empêcher la parole de Livio.

Ce que Livio ne précisa pas le jour de l'exposé, c'est que Lili Elbe mourut quelques mois après qu'on lui eut greffé un utérus, probablement des suites d'un rejet de greffe. C'est ce que Camille a trouvé peu de temps après la disparition de Livio, au moment où elle commençait à se documenter, pour avoir une chance de le comprendre davantage, et d'explorer tous les indices qui auraient permis de le retrouver.

Mais cette histoire avec Lili Elbe en rappela une autre à Camille, qui l'avait prise à la légère au moment où elle avait eu cette conversation avec Livio, et dont la portée lui semble différente aujourd'hui. Il leur arrivait de se moquer du laborantin qui assistait le professeur de SVT, et que les élèves de la classe surnommaient le Yeti, en raison de sa grande taille, de ses traits grossiers et de son front démesuré. Chacun se demandait bêtement s'il avait un corps d'humain sous la blouse et si la blancheur de ses cheveux hirsutes était aussi celle de ses poils. Camille et Livio aimaient se laisser aller à délirer à propos de l'albinos, dont les yeux délavés et rougis les intriguaient. Ils imaginaient qu'il était un genre d'assassin, ou de scientifique fou parce que son rôle, dont ils avaient assez peu idée, était de préparer à l'intention des élèves le matériel dont ils avaient besoin, les animaux qu'on dissèque, les vers de terre, les insectes, la matière vivante, et aussi les substances chimiques, les scalpels et les pinces.

Le Yeti était le plus souvent muet, probablement d'une timidité extrême, il apparaissait puis disparaissait, s'exécutait en toute discrétion. Une silhouette en blouse immaculée qui surgissait depuis un local derrière l'estrade de la salle carrelée de blanc. Ce qui suffisait à stimuler l'imagination de Livio, toujours prêt à extrapoler. Il inventait des scénarios scabreux, comme ce bruit qu'il fit courir au lycée, faisant croire que le Yeti s'adonnait à de mystérieuses expériences sur les lycéens qu'il invitait à s'allonger sur des planches dans l'antre où l'on supposait qu'il habitait.

Et aujourd'hui que se clôt l'enquête pour retrouver Livio, Camille apprend que le colosse bénéficie d'un emploi protégé, le fameux 6 % de la fonction publique qui permet de faire travailler des handicapés ou ceux qu'on appelle simples d'esprit. Elle comprend que la police s'intéresse sérieusement à son cas, même si elle est certaine que le Yeti n'est pour rien dans la disparition de Livio. Devoir le décrire lors de la déposition au commissariat l'a rendu soudain différent aux yeux de Camille, qui a dû longuement se confier, en tant que témoin privilégié. Il lui a fallu choisir ses mots, et c'était une chose délicate. Le grand corps massif de ce jeune homme albinos jouerait contre lui, l'étrangeté de son visage, ses cils blancs, ses cheveux épais et emmêlés, sa peau excessivement claire et disgracieuse, et ses mains larges comme celles d'un paysan.

Camille n'a pas su dire si Livio et le Yeti avaient eu l'occasion de se parler, ou s'ils avaient une relation, comme le lui a laissé entendre le policier, prêchant sans doute le faux pour connaître le vrai. Elle imagine qu'il est la pièce au dossier dont chacun a besoin, qui pourrait justifier que Livio n'était pas le seul responsable de sa disparition, ce qui rassurerait tout le monde et éviterait qu'on ne se pose les vraies questions.

Camille avait cru, au moment où Livio avait cessé de donner de ses nouvelles, après le week-end qui avait suivi l'exposé, que cela serait provisoire, elle avait imaginé qu'il avait mis en scène un genre de sanction, pour se rendre important, pour se venger des bruits qui avaient couru au terme de son intervention, et de cet engrenage infernal impossible à arrêter.

Camille avait imaginé Livio restant caché dans un endroit inconnu de tous, le temps de trouver une parade pour affronter la réalité, et elle s'était vue en pasionaria lui apportant de quoi se nourrir et se chauffer pendant la nuit, déjouant les recherches de la police qui commençait à prendre la chose très au sérieux. Elle espérait que Livio finirait par se faire oublier, puis qu'il ressortirait de son repaire, une fois que les choses se seraient tassées. Elle avait espéré le protéger, et même le sauver, il faut bien l'admettre, pour une fois qu'elle avait, dans cette cité, l'occasion d'accomplir quelque chose d'héroïque, elle n'allait pas passer à côté. Elle imaginait sans doute qu'il en serait reconnaissant et qu'il l'aimerait pour cela. Qu'il finirait par l'aimer. Mais c'était avant que s'écoulent des semaines et que les chances de le retrouver, comme dit la police, soient réduites à néant. C'était avant, quand elle croyait que leurs jeux au terrain militaire, et dans le bois, près de la ferme à l'abandon, étaient des jeux d'amoureux.

Après avoir mis le souk dans la classe avec cette histoire de Lili Elbe, Livio s'est ressaisi et a volontairement recentré son exposé sur des faits historiques incontestables, puisqu'il est allé directement à la case « montée du nazisme », et a ouvert le chapitre le plus prévisible, à savoir ce que les nazis nommaient « l'esprit non allemand », qu'ils combattaient ardemment, et qui n'était pas sans rappeler certaines phrases que prononçaient parfois ses parents, pourtant d'origine étrangère, des formules contestables, tantôt à propos de certaines minorités qui profitaient du système, tantôt sur certains groupes politiques, tantôt sur l'immigration.

On pouvait avancer et s'éloigner enfin de la question sexuelle qui commençait à peser dans cette salle juste avant le repas de midi. Et c'est au son des ventres qui gargouillent que Livio a posé une nouvelle devinette à ses camarades, attendant qu'ils énumèrent ce qui, selon eux, constituait

« l'esprit non allemand »,

concept qu'il écrivit au tableau, avec une craie de couleur. Étonnamment, les suggestions tardèrent à arriver, comme si les élèves n'avaient toujours pas compris ce que Hitler et sa bande avaient considéré comme des formes de dégénérescence. Par exemple, ce Klaus Barbie, dont ils avaient pourtant étudié le cas juste avant les vacances de Noël, et dont l'action au sein de la Gestapo de Lyon, s'ils s'en souvenaient, pouvait être un précieux viatique pour répondre, n'allait-il pas les mettre sur la piste ? On sentait que Mme Martel piaffait, elle qui avait organisé cette sortie au Centre d'histoire de la résistance et de la déportation avec tant d'énergie, elle qui s'était occupée tout à la fois de la gestion de l'autocar et de son financement, des assurances, de la concordance des horaires de départ et de retour, elle qui avait donné de ses heures après les cours pour prendre rendez-vous auprès d'un guide du CHRD censé recevoir sa classe pendant cinquante minutes, pour que les élèves fassent signer un formulaire à leurs parents, stipulant qu'ils acceptaient que les enseignants dirigent l'adolescent vers l'hôpital le plus approprié en cas d'accident, elle qui avait pris du temps à préparer cette visite, historiquement autant qu'administrativement et psychologiquement, elle qui s'était battue pour que cette sortie scolaire ne coûte pas un rond aux familles, mais soit financée par la Région, qui était censée être le maillon fort, l'interlocuteur épaulant les lycéens et leur programme éducatif, elle avait sans doute le ventre qui se serrait.

Il semblait pourtant si simple de répondre à la question posée par Livio, qui nc contcnait aucun piège, pas même une toute petite subtilité, au point qu'il avait failli faire l'impasse et gagner un peu de temps. Il suffisait de se remémorer quel genre de population les nazis avaient eu le dessein d'éradiquer.

Un petit effort et cela va vous revenir, glissa Livio, sidéré, alors que Roméo, qui en général n'intervenait jamais et était du genre à remplir des pages de croquis pendant les heures passées entre quatre murs, ce qui était d'ailleurs le cas puisqu'il réalisait une esquisse de Livio debout dans une drôle de posture, Roméo sortit de sa torpeur et dit que les Allemands n'aimaient pas les résistants du genre de Jean Moulin et du couple Aubrac qui en fait ne s'appelait pas Aubrac. Un étrange sous-entendu que Livio n'osa pas creuser pour cause d'ignorance.

La sortie scolaire avait malgré tout porté ses fruits, le maquis, le Vercors, le rendez-vous de Caluire, mais prouvait aussi que certains naviguaient dans un flou, que les quelques mois de cours restant jusqu'au bac ne suffiraient sans doute pas à dissiper.

Quelqu'un dit à voix basse qu'ils savaient tout cela par cœur, ils n'allaient pas revenir sur l'extermination des juifs. Ils n'allaient pas radoter.

Mme Martel, qui n'avait pas entendu, se crut obligée d'intervenir, en s'excusant parce que la règle du jeu était qu'elle le fît au minimum. Elle qui venait juste de s'asseoir au dernier rang se leva d'un bond, reprit les rênes et pria chacun de noter sans plus attendre ces catégories que les nazis avaient aussi désignées comme « ennemies de l'État », et qui lui fit marteler, au bord du cri, les mots « juifs, communistes, résistants », auxquels elle ajouta « féministes, pacifistes, influences étrangères corruptrices », ces notions qui, insista-t-elle avec un trémolo dans la voix, auraient dû être acquises depuis longtemps. Elle demanda si, dans la classe, il n'y avait pas d'adolescents juifs dont la famille… enfin dont les grands-parents peut-être… ce après quoi elle voulut se faire pardonner sa trop grande indiscrétion, redonna la parole à Livio et lui signifia qu'il lui restait une vingtaine de minutes, à moins que chacun n'accepte de rogner sur son temps de déjeuner, un verbe qui fit ricaner certains.

Livio, ragaillardi par l'intervention surprise de Mme Martel, déclara que si chacun voulait se précipiter pour aller manger des choux de Bruxelles, libre à lui de courir garnir son plateau-repas, et il rejeta sa mèche en arrière en resserrant l'écharpe autour de son cou, qu'il avait d'abord ôtée, en se frottant la peau comme si la laine l'irritait, signe que l'agitation ne l'avait pas quitté et sans doute aussi gagné par l'inquiétude de ne pas avoir le temps de finir sa démonstration.

Livio n'avait pas perdu de vue l'esprit non allemand, et il ajouta que bien sûr les nazis n'aimaient pas trop non plus les homosexuels, comme si on n'avait pas compris, ni les malades mentaux, ni les handicapés, que Mme Martel avait omis de mentionner, et autres « bizarreries » de ce genre, en inscrivant une paire de guillemets dans les airs, ce qui créa quelques vagues dans les rangs, et une contestation de la part de Sunny dont on savait que la sœur se déplaçait en fauteuil depuis la fameuse collision ce jour de brouillard sur le périphérique qui avait coûté la vie à leur père et brisé la famille, comme quoi une paire de guillemets ne suffisait pas pour qui avait raté une occasion de se taire, et c'est en présentant ses excuses, et probablement en se maudissant, que Livio revint jeter un œil sur sa feuille A4 à laquelle il se raccrochait pour se sortir de cette mauvaise passe.

Mais Simon enchaîna pour dire qu'il pouvait lui aussi trouver à redire au terme « bizarrerie » et qu'en tant que juif il n'aimait pas trop la tournure que prenait la matinée. Et là, Livio a ajouté qu'il fallait se détendre, que ce n'était pas ce qu'il avait voulu dire, il n'avait parlé que des homos et des handicapés, s'enfonçant davantage, il se plaçait du point de vue des nazis et pas de son propre point de vue. Il fallait prendre un peu de recul, s'entendit-il improviser, parce que si on faisait un rapide sondage dans la classe, on serait surpris de voir qu'à part les juifs, les Arabes, les Noirs, les fils d'immigrés en tous genres, les pédés, les éclopés, les tagueurs et autres poètes dégénérés, il ne restait pas grand monde. Il fallait apprendre le second degré et se dire qu'on était de la racaille de banlieue, que c'était de toute façon une bizarrerie et qu'il fallait se mettre ça dans le crâne. Là, Rachid a répondu que ça commençait à craindre, qu'il n'était pas là pour se faire insulter, ce sur quoi Kenji a renchéri en balançant d'une voix bien traînante et menaçante, et en tripotant la chaîne qu'il portait autour du cou, que les histoires de travelos ça le gavait et qu'il n'était pas venu en cours pour entendre parler de ça. Kader a fait mine de prendre ses affaires et de se lever, sans rien déclarer pour autant, avant que Soraya le rattrape par le bras.

Mme Martel a haussé la voix en tapant de sa main sur le bureau, une seule fois mais suffisamment fort pour que sa paume lui fît mal, demandant à chacun de se taire, et de laisser Livio parler de l'autodafé qui était le sujet du jour, sans plus s'égarer, l'un des premiers autodafés de l'histoire du nazisme, recadra-t-elle. Même si elle commençait à maudire Livio de la mettre devant ce genre de fait accompli, on sentait que quelque chose lui plaisait dans la façon dont cette matinée tournait au foutoir, on sentait qu'elle goûtait à une expérimentation qui la sortait de la pénible routine pédagogique qu'elle contestait dès qu'elle en avait l'occasion, espérant faire de ses élèves des adultes éclairés, comme elle aimait le rappeler, capables de sens critique et de libre arbitre, c'étaient ses maîtres mots, des notions auxquelles elle se cramponnait pour donner un sens malgré tout à une profession qui finissait par la rendre *neuneu*, comme elle disait.

Livio revint à un énoncé plus simple et dit qu'en tant que juif et homosexuel, Magnus Hirschfeld était devenu une cible idéale pour les nazis. Il ajouta que les conférences qu'il donnait à l'Institut et dans tout le pays étaient de plus en plus contestées, voire violemment chahutées et qu'il avait été victime d'un grave passage à tabac à Munich en 1920, le laissant pour mort avec une sérieuse blessure au crâne, et même annoncé comme tel dans certains journaux, signe qu'il était devenu un symbole fort.

Livio a fait rapidement le lien avec les lynchages homophobes qui ont toujours été en vogue dans tous les pays du monde, il n'y a qu'à voir ce qui se passe en ce moment même, ajouta-t-il, en Tchétchénie, en Iran et bientôt au Brésil, sans oublier la France, où tout n'était pas joli joli. Formulation des plus maladroites, il s'en faisait la réflexion au moment où la phrase sortait de sa bouche, alors qu'il s'était interdit de faire allusion à l'époque contemporaine. C'étaient sans doute les récentes prises de parole de Jair Bolsonaro qui l'y avaient poussé, puisqu'il venait de déclarer qu'il préférerait que son fils meure dans un accident de voiture plutôt que de le savoir homosexuel, une phrase qui avait circulé sur Twitter et qui n'avait au final pas déclenché grand-chose, en tout cas rien qui aurait empêché son élection.

Livio se retint de développer, on le sentait ému, il se passa la main sur le front, comme s'il devait calmer une fièvre qui le rongeait, et revint sur les rails. Puis il changea d'avis in extremis, et fit une brève digression pour rappeler à quel point les débats autour du Mariage pour tous avaient divisé la société française et comment les adeptes les plus virulents de la Manif pour tous avaient, il n'y a pas si longtemps, scandé dans la rue des slogans insultants. Rappel qui n'avait pas l'air de concerner les élèves, qui, à leur décharge, n'avaient alors pas quatorze ans.

C'était au moment où Camille commençait à se rapprocher de Livio, alors qu'ils passaient en quatrième et que le père de Camille était sur le point de quitter la maison. C'était une période particulière, parce que sa mère était dans une détresse magistrale, et qu'elle la prenait à témoin, espérant qu'elle reconnaîtrait la lâcheté de son père, et tout un tas d'autres torts qui ne la concernaient pas. Et cette année-là, pendant laquelle la mère de Camille essayait de cuver sa peine, à l'aide d'anxiolytiques et parfois d'apéritifs prolongés, Camille faisait tout pour se boucher les oreilles, pour ne pas faire corps avec cette femme dont elle ne supportait plus le chagrin. Cette année-là, Camille s'était jetée sur Livio, non pas amoureusement – cela viendrait plus tard – mais comme on saisit le premier qui vous écoute, qui vous console, qui accepte de passer du temps avec vous et qui vous fait rire malgré tout.

Parce que avec Livio, qui avait pris l'habitude de venir de plus en plus fréquemment chez Camille, fuyant la présence de son père qui rentrait des chantiers dès cinq heures de l'après-midi, ils confectionnaient des pâtisseries, redécoraient la chambre de Camille, téléchargeaient des chansons et inventaient des chorégraphies dans le salon pendant que la mère de Camille faisait ses tournées d'infirmière. Et ils prenaient le bus pour aller en ville, las de tourner en rond dans la cité. C'est à ce moment qu'avaient eu lieu les manifs pour le Mariage pour tous, auxquelles ils avaient parfois participé plus pour la joie qui s'en dégageait que pour l'implication dans une cause dont Camille n'imaginait pas qu'elle concernerait Livio. Ils se mêlaient à la foule, rencontraient des gens qu'ils ne côtoyaient pas habituellement, scandaient avec eux des slogans qui les amusaient, prenaient un bain de foule et d'énergie, avant que n'apparaissent les contre-manifs et leurs discours humiliants dont Camille n'avait pas compris qu'ils blessaient déjà Livio, que la violence réitérée pendant de longs mois allait l'atteindre, le tourmenter jusqu'à le faire sombrer dans une mélancolie tenace. Camille était trop jeune et trop ignorante pour savoir ce que vivait Livio, puisque jamais il ne lui avait parlé de cela, jamais il n'avait prononcé un mot qui aurait pu la dissuader de tomber amoureuse de lui, ce qui n'avait pas tardé à arriver.

Livio revint sur la phrase qu'il avait omis de mentionner dans son introduction :

« Là où l'on brûle des livres, on finit par brûler des hommes »,

sachant qu'elle ferait son petit effet, célèbre repartie tirée de la tragédie *Almansor* de Heinrich Heine, un auteur dont les élèves n'avaient pas entendu parler, qu'il se donna la peine d'écrire au tableau, déclarant que s'ils ne devaient retenir qu'une chose de cette matinée, ce pourrait être celle-là, ce qui ressemblait bien à Livio, embarquer son auditoire pendant près d'une heure sur mille pistes à la fois, jouer de suspense et de sous-entendus, donner du fil à retordre, laisser toucher l'étendue de l'ignorance de chacun, brasser des concepts, des noms propres et des dates, émouvoir, provoquer, et puis changer de cap pour dire qu'une petite phrase ferait l'affaire, juste avant les choux de Bruxelles, une phrase qui sonne bien et que les élèves – enfin ceux que cela intéressait – pourraient poster sur les réseaux sociaux pour se donner de l'importance, jouer aux tragédiens, punaiser sur la porte de leurs chambres, pour faire croire aux parents qu'ils lisent et qu'ils sont conscients de la valeur symbolique de tout cela.

On avait l'impression que Livio riait intérieurement et que la prise de parole était en train de le changer. Il découvrait le pouvoir des mots et l'emprise qu'il pouvait avoir sur son auditoire. C'est lui qui dirigeait, lui qui décidait, de ce qu'il omettait ou pas, ce qu'il soulignait ou non, ce qu'il assénait comme une vérité ou comme une hypothèse à vérifier, et c'est aussi pour cela que leur professeure tentait l'expérience. Mme Martel aimait mettre les élèves en situation, comme elle disait, pour que chacun comprenne que la voix haute est un outil de pouvoir, et même une arme. Celle qu'utilisent les hommes d'État et les dictateurs pour manipuler le peuple, cela commence toujours par l'art du discours, les mettait-elle régulièrement en garde.

C'était étonnant de voir Livio dans ce rôle, lui qui était du genre silencieux, enfant coincé entre le père et la mère, ces deux qui se croisaient rarement à cause de leurs horaires de travail, l'un qui se couchait tôt après des journées passées comme contremaître sur les chantiers, qui rentrait les cheveux parfois blanchis par le plâtre, et qu'il ne fallait pas déranger, et l'autre, la mère, qui prenait le dernier autobus après qu'elle avait fermé le magasin à dix-neuf heures trente. C'était une famille où l'on ne parlait pas, où la mère racontait parfois, quand des clientes en avaient sorti une bien bonne, quand la manageuse s'était montrée injuste et exécrable, mais où chaque plainte était contredite par le père qui trouvait sa femme privilégiée parce qu'elle travaillait dans une boutique de prêt-à-porter bien chauffée, avec de la musique, de la lumière, et qu'elle pouvait déjeuner dans le centre-ville. Pendant que lui se les gelait, à encadrer des gars qui montaient des moellons ou coulaient une dalle à ciel ouvert. Les seuls discours que Livio entendait à la maison, c'étaient ceux-là, la frustration mêlée à la jalousie, les couplets sur la fatigue et l'effort, qui faisaient dire au père quand il rentrait qu'il était claqué, qu'il dînerait avant le retour de sa femme, c'était une obsession, cette histoire de décalage horaire, l'angoisse de devoir attendre celle qui n'apparaîtrait qu'après la fin du journal télévisé. Et chaque soir la question se posait pour Livio de savoir s'il dînait avec son père ou avec sa mère. Un dilemme qui le rongeait.

Livio se grattait la tête et on sentit qu'il hésitait entre deux façons de poursuivre. Il choisit d'ouvrir un mini-chapitre, comme il dit, sur la façon dont fonctionnait l'Institut, et proposa une focale sur les consultations que proposait le docteur Hirschfeld, car il ne fallait pas oublier que l'homme dont il parlait était un médecin. Livio fit remarquer quelle chance c'était pour les Berlinois de bénéficier dès les années 1920 d'une consultation médicale et psychologique concernant la sexualité, et qui invitait les patients à s'accepter tels qu'ils étaient ; il n'y avait d'équivalent dans aucun pays au monde, pas même en France, encore moins aux États-Unis. Il n'était pas si étonnant, à bien y penser, poursuivit-il, que l'Allemagne fût à l'origine de cette avancée remarquable, si l'on considérait la libération des mœurs et des courants artistiques suscitée par la république de Weimar – il fit un sourire à l'attention de Marion quand il dit « Weimar » – qui permit qu'une existence plus ou moins... et là, il buta sur le mot, plus ou moins... rien ne lui venait, comment dire, il consulta sa feuille et enchaîna, plus ou moins... c'était incroyable, il semblait bloqué, une existence plus ou moins... et personne ne venait trouver l'adjectif qui manquait... enfin vous voyez ce que je veux dire, enchaîna Livio en bougeant les mains d'une façon assez explicite...

Livio fit grâce, comme il dit, de l'énumération des raisons de consulter, et cette petite phrase ouvrit une brèche dans le cerveau de chacun, on sentit un frémissement parcourir la salle de classe. Quelqu'un lâcha le mot « impuissance » en pouffant, un autre enchaîna avec « frigidité » qu'il chuchota suffisamment fort pour qu'on l'entende, comme s'il instaurait le jeu du « qui dit mieux », et les suggestions, qui avaient fusé de façon anonyme, anarchique et la plupart du temps inaudible, se tarirent avant que Livio crût utile d'ajouter, non sans humour, qu'il y avait sûrement mille raisons de consulter mais qu'on n'était pas là pour ça. Disons que l'instant était comme un défouloir, une entorse à la teneur habituelle des cours. On parlait de sexe sans en parler vraiment, on était à la lisière, on avançait de sous-entendus en allusions. Et en fin de compte on s'amusait malgré la tension qui montait. Certains, dont Camille, n'appréciaient pas, on pouvait facilement le deviner.

Camille avait en tête l'expression « trouble de l'érection » qu'elle avait entendue dans la bouche de sa mère un jour où cette dernière parlait avec une copine au téléphone, c'est ce qui lui revenait quand Livio évoqua ces multiples raisons de consulter, et elle lui en voulut d'avoir lancé le sujet et d'avoir laissé croire qu'il s'y connaissait, c'était comme s'il avait jeté en pâture leur intimité, celle-là même qui à son grand désespoir n'existait pas.

Mme Martel a rappelé les élèves à l'ordre une nouvelle fois, exigeant qu'ils se comportent comme des lycéens à la veille du bac et non comme des enfants d'école primaire, selon cette formule éculée que les enseignants peinaient à renouveler. Elle a exigé le silence pour que Livio puisse accélérer sa marche vers le bûcher, mais quelqu'un a lâché cette fois le mot « pédophilie » qui a fait l'effet d'une grosse pierre jetée à l'eau et dont les éclaboussures se sont répandues en ondes maléfiques, d'autant que les affaires de prêtres pédophiles s'étaient succédé il n'y avait pas si longtemps, et spécialement dans le diocèse de Lyon où monseigneur Barbarin était accusé d'avoir couvert des dizaines d'abus sexuels pendant les années 1990, ce qui avait fait pousser des cris aux parents, dont la plupart étaient tombés des nues, naturellement outrés, quand l'affaire avait été révélée. Certains avaient même renoncé à mettre leurs enfants à l'école privée catholique, ce qui avait été le cas pour Livio, que ce scandale avait en quelque sorte sauvé.

C'était son père qui avait parlé de l'école catholique, Livio était déjà au collège public mais il avait été repéré comme un élève exceptionnel qu'il fallait stimuler, et l'enseignement de l'italien venait d'être supprimé, au grand désespoir de ses parents. Livio n'y tenait pas, à l'italien – qu'il comprenait d'ailleurs plutôt bien –, peut-être parce que c'était la langue dans laquelle ses parents s'exprimaient quand quelque chose ne tournait pas rond, la langue du drame ou du secret, des engueulades ou au contraire des mots tendres et intimes dont Livio ne voulait pas être le témoin. C'était la langue que ses parents espéraient malgré tout transmettre, mal remis d'un lointain passé romain, et de la disparition d'une partie de la famille dans le tremblement de terre de L'Aquila, quand Livio avait neuf ans, épargnant notamment le grand-père paternel, qui voyait en Livio le petit-fils unique, l'élu, le prolongement de la famille, puisqu'il serait le seul à porter le nom désormais, Livio Caproni.

Et le père insistait. Il fallait apprendre l'italien, reprendre le flambeau, mais le scandale des prêtres en avait décidé autrement, in extremis. Il avait fait un rapide signe de croix devant le poste de télévision qui avait apporté la nouvelle, tout de même un peu sceptique face à cette histoire de jeunes scouts abusés, ne sachant plus à quel saint se vouer. Et puis il avait renoncé, en demandant à sa femme ce qu'elle en pensait, n'était-ce pas plus prudent, il avait parlé de l'économie que cela représentait, l'école privée catholique, ce n'était pas donné, alors si c'était pour se faire tripoter par des curés. Et ils avaient conclu que l'italien, ils pourraient l'enseigner eux-mêmes à leur fils, ce n'était pas si compliqué. Ce qu'ils n'avaient jamais fait.

Ce que cherchaient les nazis, c'était mettre la main sur la liste des patients qui consultaient, expliquait Livio. Une bénédiction, un fichier tout prêt qu'ils n'avaient pas à se donner la peine de constituer, puisqu'il contenait les noms ainsi que d'inestimables renseignements sur leur identité sexuelle en plus de leur pathologie, le cas échéant. Un gain de temps considérable, une aubaine ! Un outil de travail idéal, détaillé, à jour et même classé par ordre alphabétique. C'est pour cela qu'on ne vous répétera jamais assez de ne livrer sur les réseaux sociaux aucune de vos appartenances, ni intime, ni politique, enjoignit Livio dans une parenthèse presque autoritaire, qui déclencha une légère rébellion parmi les rangs, à cause du ton proféré qui s'apparentait davantage à une leçon de morale qu'à un conseil d'ami. Après quoi Livio précisa que cette liste était tout de même un outil embarrassant puisque parmi les patients on avait pu retrouver certains noms de dignitaires nazis, révéla-t-il, plutôt satisfait de ce revirement pour le moins compromettant.

Livio se retint de faire valider cette réflexion auprès de la classe, mais laissa le temps à cette dernière phrase de bien pénétrer les cerveaux, cette phrase qu'il aimait parmi toutes celles qui émaillaient son exposé, et qui fit hocher la tête à Mme Martel, qui savait qu'on perdait de vue la chose historique au profit de considérations plus psychologiques, mais qui n'avait pas d'autre choix que de laisser faire.

Livio dit qu'il y avait au deuxième étage de l'Institut des patients hospitalisés, traités pour différents troubles, qu'il serait trop long de détailler ici, dont les noms figuraient également sur cette précieuse liste, et bien sûr ceux en observation avant qu'ils subissent d'éventuelles opérations.

Ces livres que les nazis avaient brûlés, que contenaient-ils ? Quels étaient leurs auteurs, leurs titres, les sujets qu'ils abordaient ? Livio avoua qu'il butait sur cette inconnue, il y avait passé beaucoup de temps, il n'avait pas réussi à constituer une bibliographie, il avait seulement trouvé quelques titres, il voulait bien que quelqu'un le seconde, il avait besoin d'aide pour venir à bout de cette question.

Camille a regardé Livio avec des yeux nouveaux, elle n'a pas compris pourquoi il lançait cet appel à l'ensemble de la classe. Pourquoi ne lui confiait-il pas la tâche, n'avait-il pas confiance en elle, ne la pensait-il pas à la hauteur ? Elle en présence de qui il rédigeait le plus souvent ses dissertations, elle dont il savait le regard aiguisé et perspicace.

Parmi ces livres, il y avait ceux écrits par Hirschfeld, comme *L'Âme et l'Amour*, *Le Corps et l'Amour* ou *Le Tour du monde d'un sexologue*, tous épuisés dans leur traduction française, ce qui n'avait pas l'air d'attrister les adolescents, sauf Marion peut-être qui haussait les sourcils bizarrement, mais que chacun pouvait trouver à la bibliothèque municipale de Lyon si l'envie lui en prenait, seulement en consultation sur place, c'est-à-dire attaché sur une chaise, comme le précisa Livio en mimant la situation. Et d'ajouter que ce serait une raison supplémentaire d'imaginer ce nouveau voyage à Berlin. Que les intéressés se préparent.

Mais les intéressés ne semblaient pas nombreux si l'on en jugeait par le silence qui suivit une nouvelle fois la proposition de Livio, et les quintes de toux qui se déclenchaient. Personne ne semblait sauter sur l'occasion, ce qui arrangeait Camille qui se voyait déjà dans l'avion seule avec Livio, une fois le bac en poche, avec un projet pour l'été, une énigme à résoudre, et des pistes de lectures pour une vie entière.

Alors que l'été qui les attendait s'annonçait moins réjouissant, puisque le père de Livio s'était mis en tête qu'il avait l'âge pour travailler pendant les vacances, et lui avait d'ores et déjà réservé une place dans son équipe de maçons. Livio n'aurait pas le choix, à moins d'affronter son père, ce qui l'attendait c'était de monter avec lui dans la fourgonnette chaque jour à l'aube, porter des sacs de ciment sur ses épaules étroites, grimper à des échelles et devoir faire fi du vertige, évoluer torse nu sous le regard des autres, toutes choses qui l'inquiétaient comme il l'avait confié à Camille, à qui il disait qu'il ne se voyait pas en train de tirer sur une corde pour faire monter des seaux de quinze litres ni de trimer sous le soleil, le nez dans la sueur. Et supporter à longueur de journée les remarques de son père, dont il n'était pas sûr qu'il n'avait pas derrière la tête l'idée de mettre sa virilité à l'épreuve.

Livio demanda s'ils étaient sûrs pour Berlin, ce à quoi Zino rétorqua qu'il n'y avait plus rien à découvrir sur place, il ne voyait pas trop l'intérêt d'aller traîner là-bas. Il avait raison, les volumes que les nazis n'avaient pas réussi à brûler en mai 1933 avaient été détruits lors du bombardement de la ville pendant la Seconde Guerre mondiale, ainsi que le bâtiment qui les abritait dans le quartier du Tiergarten, dont il ne restait rien qu'une plaque commémorative inaugurée l'été 1994.

Livio repensa au voyage de l'an dernier, et au quartier dans lequel ils s'étaient promenés avec leur professeur, près du zoo, passant très probablement devant la fameuse plaque, sans la voir, sans même se douter qu'ils foulaient de leurs pieds les anciennes fondations de ce palais du prince Hatzfeldt transformé jadis en institut par Magnus Hirschfeld, n'ayant d'intérêt que pour le couple de pandas géants que la Chine venait de prêter au zoo, Meng Meng et Jiao Qing, que les adolescents avaient copieusement photographiés, et qui avaient fait ce jour-là l'objet de leur quête matinale.

Pendant ce voyage, Livio avait découvert les élèves autrement, car ils logeaient par groupe de trois dans les familles. Il avait subi des conversations interminables à propos des applications que ses colocataires téléchargeaient dans leurs téléphones. Chacun semblait nier son désordre intérieur et ne porter d'intérêt qu'à son apparence, et il avait fallu prendre du temps pour que certains achètent des baskets, des casquettes ou des tee-shirts, comme si le choix des vêtements était le seul langage que pratiquaient ces enfants de la classe moyenne, plutôt bien lotis, mais aussi ceux plus modestes et pas moins obsédés par leur allure, qui se mêlaient dans cette section économique et sociale et utilisaient déjà maquillage ou eaux de toilette d'un goût plus ou moins hasardeux.

Livio savait qu'ils se contentaient de jouer un rôle pour se diluer dans la masse ou, au contraire, attirer l'attention, pour séduire, c'était selon, et il se mettait dans le même panier, finalement. Sauf que pour lui, séduire était compliqué, il souffrait de devoir faire semblant, parce qu'il n'avait jamais cessé de mentir, à commencer par se mentir à lui-même, il avait espéré que Camille serait la fille qui lui conviendrait, grâce à qui il changerait, parce qu'il avait prié pour changer, au début de l'adolescence. Il savait depuis longtemps qu'elle n'était qu'un écran et qu'il faudrait se montrer un jour tel qu'il était. Il ne changerait pas, il devait l'accepter. C'était cette étape qu'il avait longtemps différée.

Seul Brian avait l'air réellement intéressé par cette idée d'aller mener l'enquête à Berlin. Il affichait une allure ouvertement dépravée, venait en cours les cheveux laqués à la bière, si l'on en jugeait par l'odeur, directement connecté à cette attitude punk qu'il regrettait de ne pas avoir connue, que les tatouages dans le cou et le pantalon rafistolé aux épingles à nourrice imitaient. Lui seul se montrait tel quel, repoussant, et ce fut lui qui intervint, pas dans le sens qu'on attendait, ce fut lui qui stoppa l'exposé de Livio, et demanda si un mec comme lui, aussi déglingué, aurait fini déporté avec les autres, ceux que les nazis considéraient comme dégénérés. Est-ce qu'un mec un peu *destroy* était bon pour les camps et les passages à tabac ?

Après quoi ce fut Arthur qui enchaîna, plus polo Lacoste que jean difforme, dont on savait qu'il faisait de la compétition d'aviron sur la Saône et qu'il allait tous les samedis s'entraîner avec son père. Il prit la parole avec des éclats sombres dans les yeux et finit par demander à Livio quel était son problème, qu'est-ce qu'il venait nous embrouiller avec son prétexte d'autodafé nazi ? Il avait du mal à assumer ? Sa Valda il allait la cracher ?

Il ne fallait pas être bien malin pour comprendre que depuis quarante minutes, Livio parlait de lui, de sa fragilité, de son impossibilité à trouver sa place, il était visible qu'il avait recherché comment l'homosexualité avait été abordée dans les différentes sociétés au fil des époques, et Arthur avait été le premier à voir venir, à sentir monter en lui une violence qui devenait impossible à contenir. Peut-être déclenchée par cette idée que des nazis eux-mêmes avaient pu être comptés au rang des invertis, ce à quoi il ne croyait pas. Alors il réagissait à présent, en essayant de ne pas trop se faire repérer, malgré ses paumes agrippées au bureau et le corps qui se raidissait, il se révélait plus rigide qu'à l'accoutumée, la mâchoire crispée et l'élocution confuse, comme si ce qu'il entendait depuis quarante minutes l'agressait, et procurait une souffrance. On sentait qu'Arthur, avec qui Camille avait failli sortir l'année de seconde, mais qu'elle avait senti trop investi dans la compétition sportive, refusait de se laisser atteindre par l'exposé de Livio, et rejetait en bloc cette dérive de l'histoire qui s'en prenait aux gays, comme si secrètement cela lui faisait plaisir. Ils avaient bien cherché la punition qu'ils méritaient.

Ce fut le moment que choisit Livio, dont les bases commençaient à vaciller, mais qui essayait de ne rien montrer, pour parler du fascisme italien, tout en admettant qu'il n'avait pas prévu cette parenthèse. Il se tourna vers Mme Martel, qui sentait cette fois qu'elle pouvait se laisser déborder, et c'est comme s'il demandait la permission d'apporter une légère précision à la façon dont les homosexuels étaient traités par les États fascistes. En Italie, comme en Allemagne, ils avaient été considérés comme des sous-hommes, puisqu'ils avaient été regroupés et internés sur l'archipel de Tremiti, sur la mer Adriatique, à partir des années 1930, dans l'idée de les soustraire à la vue de la population, et c'était dans cette prison en plein air que les suspects s'étaient vus exilés, menottés, surveillés par la police et soumis à des traitements dégradants. Voici ce que Livio avait trouvé à répondre à Arthur qui avait l'air de penser qu'il n'était pas gênant, voire d'utilité publique, qu'on brime les hommes à la virilité douteuse, qu'on les éradique.

Livio se rendait soudain compte de son erreur, de l'écart qu'il venait de commettre, en sortant du thème de son exposé, il réalisait qu'il s'était laissé mener par l'agression de l'un d'entre eux, et au lieu de poursuivre, comme il l'avait fait depuis le début, au lieu de creuser la matière qui l'occupait, il avait perdu son sang-froid et en avait fait une affaire personnelle. Il s'était trahi, quel idiot, il était tombé dans le piège, et Arthur dont le rouge monté au visage ne s'estompait pas se frottait les mains.

Mila était venue au secours de Livio, sans prévenir, en traitant Arthur d'homophobe, ça lui était sorti comme ça, ce à quoi Arthur avait rétorqué qu'il n'avait prononcé aucun mot dans ce sens, qu'elle n'avait pas le commencement d'une preuve. Et puis il avait ajouté que cela le regardait, c'était son problème, il n'avait pas le droit ? Mme Martel avait interrompu l'échange une nouvelle fois, en essayant de garder le contrôle. Se défendant de hausser le ton, elle avait posé la question très calmement : d'après eux, l'homophobie c'était quoi ? Et chacun était sommé de réfléchir, là, devant Livio debout sur l'estrade, qui faisait craquer les phalanges de ses doigts, chacun était prié de se lancer sous le regard des autres, ils savaient parfaitement de quoi il retournait. Mila a repris la parole mais elle était dans un tel état de confusion qu'elle avait du mal à se faire comprendre. On la sentait au bord des larmes, et personne n'avait envie qu'elle déverse devant la classe un surplus d'émotion dont on ignorait la raison. La situation devenait intenable, Livio a voulu éviter l'escalade et le possible psychodrame. Il a levé la main, mais l'attention s'était portée sur Mila et on ne le regardait pas. Il a fait des gestes et tenté le commencement d'une phrase. Il s'est un peu embrouillé et, contre toute attente, il a dit que tout cela était sa faute, il n'avait pas voulu faire de vagues. Il se comportait soudain comme une victime sur le point de s'excuser. C'était comme s'il faisait à Arthur un cadeau inestimable. Il baissait la tête à la première provocation, lui qu'on avait cru si hardi et si libre, il faisait machine arrière alors qu'une partie de la classe lui était acquise, et l'on vit qu'il commençait à pâlir. On l'avait pris pour un porte-parole, mais là il renonçait, et puis il laissait Mila en plan, c'était à n'y rien comprendre.

Ce qui se jouait dans la tête de Livio, et que personne ne savait, c'était cette fois où il s'était comporté de la même façon, c'est-à-dire en lâche, en garçon qui se couche, un soir de Coupe d'Europe de football alors que son père regardait Allemagne-Italie à la maison. Il ne savait pas ce qui lui avait pris, lui qui habituellement se dispensait des matchs, il avait voulu faire plaisir, il avait voulu créer l'occasion d'une connivence avec son père. C'était un samedi où il n'avait pas eu envie de sortir. Il s'était assis, sur une seule fesse d'abord, sur le rebord du fauteuil de velours ocre, celui-là même que sa mère avait récupéré on ne sait comment du tremblement de terre, ce fauteuil sacré dans lequel il était interdit de boire un café ou même de manger un yaourt nature, il s'était assis en équilibre et avait demandé, alors que le match venait juste de commencer, qui menait, il avait dit, pour se rendre aimable, qu'il était pour l'Italie, ce qui avait fait sourire le père, et il est vrai que c'était risible, cette affection soudaine pour le foot, et pour l'Italie par-dessus le marché. Le père n'avait rien répondu et avait presque ignoré

Livio, qui s'était imaginé que le temps était sans doute venu qu'ils partagent leur première bière, ce soir-là dans le salon, devant ce match, cela aurait pu être le moment où ils auraient scellé leur complicité.

C'est ce qui se joua dans la tête de Livio, debout sur l'estrade, après l'attaque d'Arthur, et sa phrase qui sonnait comme une excuse, c'était cet épisode avec le père dont il était si peu fier, ce fiasco qui lui revint. La façon dont le match avait bien démarré, le but mis par l'Italie à la dix-septième minute, ce qui avait déclenché chez le père une furie positive, lui avait fait lever les bras et les jambes dans la même seconde et pousser un cri quasiment sexuel, que Livio avait tenté de singer en couinant faiblement avec une allégresse presque sincère. La façon dont Livio s'était enhardi à déclarer que c'était la grande classe, cette équipe, alors que le père ne l'écoutait pas, ne mesurait pas ses efforts pour se rapprocher de lui, déjà pris par l'action qui suivait, déjà agacé par le jeu mené tambour battant par l'équipe adverse et la façon dont l'arbitre semblait favoriser l'Allemagne. Le père n'entendait pas Livio mais demeurait aimanté cette fois par le coup franc sifflé en faveur des Italiens, tiré complètement à côté, après un jeu devenu faible et opaque, qui fit dire au père qu'il n'avait jamais vu de pareilles chèvres, puis les chèvres devinrent des gonzesses, et enfin des pédales. Qui avait foutu dans l'équipe des pédales pareilles ?

Livio se souvint, là, devant la classe, au moment où il lui fallait enchaîner pour mettre un terme à son intervention, de cette phrase qu'avait lâchée le père, alors que jamais il ne s'était permis une chose pareille, jamais il ne s'était ainsi laissé aller, il se souvint qu'il s'était demandé si c'était sa présence à ses côtés qui lui faisait cet effet, qui le contrariait au point de lâcher une enfilade de mots bien dégueulasses. Mais le pire était ce qui avait suivi, et que Livio ne s'était jamais pardonné. Ce qui était sorti de la bouche de Livio l'avait surpris lui-même, ce qui était sorti était une bouillie pas très claire, faussement indignée et dans laquelle il avait prononcé les mêmes mots que ceux choisis par le père. Par un mécanisme qu'on pourrait assez simplement analyser, Livio convint que ce coup franc massacré et la façon discutable dont les joueurs s'étaient retrouvés à terre, à pleurnicher sur leurs articulations brutalisées, était le fait de vraies pédales, à n'en pas douter, Livio prononçait ce mot pour la première fois à voix haute, à l'intention de son père, il se mettait à dénigrer ces pédales qui jouaient comme des pieds, avec sur le visage une grimace de dégoût, et on ne sut dire si le dégoût qu'il exprimait était celui adressé aux joueurs, à lui-même ou à son paternel qui avait eu ce pouvoir de lui faire dire des choses immondes.

On pouvait imaginer que la parole d'Arthur faisait écho à d'autres paroles, à des insinuations parfois entendues dans les couloirs du lycée, et même du collège quand Livio était plus jeune, contre lesquelles il avait dû lutter en secret. Qu'il avait toujours feint de ne pas comprendre, qu'il avait gardées pour lui, sans les répéter jamais. À qui aurait-il pu se plaindre, avec qui aurait-il pu partager ces mots entendus au gymnase ou à la piscine, plus ou moins explicites, qui le salissaient ? Il n'avait pas eu le courage de la confrontation, il n'avait jamais eu le cran de se battre, de défendre ce qu'il était, et maintenant que cela arrivait devant témoins, maintenant qu'il savait manier les mots et les idées, il n'était toujours pas prêt.

À présent que Camille commençait à y voir plus clair, elle comprenait pourquoi le père de Livio avait brisé, soi-disant par inadvertance, le souvenir qu'il avait rapporté d'Allemagne, un petit cadre photo marqué d'un cœur à l'effigie de « Berlin » contenant une image de Livio tenant le micro dans un karaoké. Elle comprenait pourquoi le père de Livio n'aimait pas l'entendre chanter le soir dans sa chambre, prétextant que lui se levait tôt, c'est ce que lui avait raconté Livio, ça l'empêchait de dormir, sa voix lui cassait les oreilles, c'est ce que le père avait dit une fois, que cette voix l'agaçait. Livio avait demandé à son père si personne ne chantait chez les Caproni, dans les forêts où ses ancêtres travaillaient le bois, et sur les échafaudages. Les générations d'avant, elles ne chantaient pas ? Ce à quoi le père avait répondu qu'il y avait chanter et chanter, on voyait bien que Livio n'était pas un vrai Caproni. Avant de conclure qu'on ne faisait pas n'importe quoi avec un nom, surtout quand on était le dernier à le porter.

Camille faisait des liens mais elle refusait d'y croire, elle se disait que Livio, s'il n'avait pas été amoureux, n'aurait pas passé tout ce temps avec elle depuis toutes ces années,

Livio n'aurait pas quasiment élu domicile chez elle, il ne se serait pas serré contre elle sur son lit à regarder des séries, il n'aurait pas respiré son parfum dans son cou, ni choisi avec elle la couleur de ses collants ni du rouge qu'elle mettait depuis peu sur ses lèvres, il n'aurait pas repoussé chaque fin d'après-midi l'heure de la quitter pour rentrer chez lui, il ne lui aurait pas envoyé des dizaines de textos pendant la nuit.

Camille se disait qu'on pouvait parler d'un sujet qui ne nous concernait pas directement, on pouvait choisir de faire un exposé sur un homme homosexuel et juif si on ne l'était pas. Elle-même s'intéressait aux conséquences de la guerre d'Algérie, à laquelle elle était étrangère même si ses grands-parents paternels étaient pieds-noirs. Admettons que cela n'avait rien à voir, comme elle le croyait. Elle tentait des raisonnements de ce type, tirés par les cheveux, elle essayait de se convaincre, et le temps de quelques secondes, elle y parvenait. Elle avait accepté un exposé sur les enjeux des accords d'Évian pour le trimestre prochain, et elle imaginait encore que cela était un pur hasard. Elle se rassurait comme elle pouvait. Livio l'aimait, il n'y avait pas de doute, il aimait les filles, pourquoi se torturer ?

Au moment où Arthur a pris la parole, Camille n'a pas tenté de défendre Livio, elle est restée étonnamment silencieuse, et par la suite elle n'a cessé de s'en vouloir. Quand Livio a disparu et quand elle a compris qu'il ne reviendrait pas, elle a mesuré sa responsabilité. Elle a eu honte et plus que cela. D'autant qu'elle avait participé à l'effondrement de Livio, les jours d'après, c'est peut-être elle qui avait donné le coup de grâce, sans le vouloir vraiment.

Livio s'est appuyé contre le tableau et a noté à la craie le mot

exil,

une réalité dont il n'avait pas encore parlé, et qui allait le sortir de l'impasse dans laquelle il s'était engagé. Il rappela l'hostilité nazie à l'encontre de Hirschfeld, le passage à tabac dont il fut l'objet à Munich, la fusillade qui eut lieu en 1923 visant le public venu assister à une conférence organisée par l'Institut, et qui fit de nombreux blessés. Un genre d'attentat, si vous voulez. Il insista sur l'insécurité dans laquelle Hirschfeld se trouvait désormais à l'intérieur de son propre pays et qui faisait que sa vie était devenue un enfer.

Livio demanda, cette fois avec une certaine appréhension, si certains élèves avaient connu l'exil, eux ou leur famille, ce qui ne déclencha rien dans un premier temps. Quelques mains se levèrent enfin, dont certaines qui hésitèrent, comme si cette notion d'exil était floue, comme si chacun ne connaissait ni l'histoire de ses ancêtres ni sa propre histoire. Puis, encouragé par Livio qui leur laissa le temps, un adolescent sur deux finit par se désigner, après avoir hésité par souci d'exactitude, et peut-être par gêne. Marion demanda si une famille qui venait d'Ardèche et s'était installée à Lyon, c'était considéré comme un exil. Ce à quoi Livio ne sut que répondre, jusqu'à ce que quelqu'un la mette sur la piste de l'exode rural. Exode et exil était-ce la même chose ? Ses arrière-grands-parents n'avaient pas changé de langue, dit Marion, admettant finalement qu'elle n'en savait rien, et se retournant vers Mme Martel pour chercher un signe d'approbation.

Hirschfeld, qui était mondialement connu et apprécié, put fuir aux États-Unis, mais aussi en France, en Asie et même au Moyen-Orient, où il était convié à donner des conférences au tout début des années 1930, ce qui était plus sûr que de rester en Allemagne, et c'est ainsi qu'il échappa à la terreur instaurée par les nazis et aux camps mis en place dès janvier 1933.

Comme Thomas Mann, comme Stefan Zweig qui finit par se suicider, rappela Livio en inclinant doucement le torse, et comme bien d'autres, il préféra ne jamais rentrer en Allemagne, c'est ce qu'on appelle un exil définitif, se risqua-t-il. Imaginez qu'il vous est impossible de rentrer chez vous, que vous êtes devenu indésirable dans votre propre pays. Ou dans votre propre famille. Livio ajouta cela in extremis, ça lui avait échappé. Et il se rendit compte en le disant que l'homosexualité était la seule minorité qui ne trouve pas forcément de réconfort auprès des siens. C'est la seule communauté qui se construit la plupart du temps hors de la famille. Et parfois contre. Il venait de découvrir cela. Il aurait besoin d'y repenser, mais il n'avait pas le temps de s'attarder.

Tout le monde, ou presque, hochait la tête face à cette idée d'exil, tout le monde mesurait la violence d'être mis dehors, d'être chassé ou de devoir se chasser soi-même. Jafar, qui n'avait quasiment jamais pris la parole depuis le début de l'année, dit que c'était le cas de ses parents, ils ne pourraient jamais rentrer en Afghanistan. Là, on entendit Mme Martel, que la tournure nouvelle de l'exposé galvanisait, inviter d'autres élèves à témoigner, s'ils le souhaitaient, c'était le moment. Cela ferait diversion, et plus longue elle serait mieux on se porterait. L'exil c'était bon, c'était enfin le bon angle, la note de Livio s'en verrait augmentée. On respirait, loin de l'Institut où l'atmosphère finissait par lui sembler étouffante et un tantinet glauque.

Livio annonça que la fin approchait, celle de l'Institut avant celle de Hirschfeld. En son absence, les nazis, après l'accession au pouvoir de Hitler, prirent du poil de la bête et s'autorisèrent toutes les horreurs. En mars 1933, le directeur de l'Institut, Kurt Hiller, que Livio, en un lapsus, nomma Hitler, ce qui amusa la classe qui préférait qu'on parle carrément du Führer, que certains garçons étaient toujours prêts à imiter, que d'un type méconnu, Kurt Hiller, reprit Livio, par ailleurs écrivain, militant pacifiste, et juif, fut arrêté et déporté.

Dès début mai, ce fut la destruction de l'Institut, enchaînait Livio, qui fut saccagé et pillé, et en premier lieu les milliers de livres et de revues qui constituaient la bibliothèque et la collection unique, savamment et patiemment constituée. Cette destruction intervenait dans le cadre du programme que les nazis s'étaient fixé, par l'intermédiaire de la fédération étudiante d'Allemagne, qui invita ses membres à participer à la fameuse lutte contre l'esprit non allemand, celui-là même que Livio avait évoqué quelques minutes plus tôt, action perçue comme le prolongement d'une journée de boycott des magasins juifs qui s'était tenue le 1er avril de cette même année 1933.

Ce furent certains éléments de cette corporation étudiante qui se voyaient en véritables « sections d'assaut intellectuelles », genres de pompiers de l'ordre nouveau, qui entrèrent en conquérants par la porte principale de l'Institut, sur la Beethovenstrasse, envahirent les lieux en une poignée de secondes, délogèrent les volumes de leurs étagères sans distinction, les piétinèrent, puis les jetèrent à la rue, depuis les fenêtres, et par les escaliers. Puis ce fut au tour de quelques bustes en plâtre d'être pulvérisés, des photos affichées au mur, des manuels médicaux, des planches dessinées à la main, des comptes rendus d'expériences, des chaises et des lampes, des tapis et des vitrines. Tout y passa, et la façon dont les étudiants meurtrirent chacune des pièces de l'Institut en disait long sur leur propre libido, mais cela Livio ne l'évoqua pas, cela on pouvait le deviner, la façon dont ils éventrèrent les matelas du premier étage, dont ils regroupèrent les sommiers au centre de la pièce pour les incendier, tout cela révélait la frustration qui devait être la leur, la fureur qu'ils avaient accumulée, faite de désir de rigueur et de pureté. Seuls les dossiers, qu'ils extirpèrent des tiroirs en neutralisant le personnel, ne furent pas l'objet de destruction immédiate mais au contraire, ils les gardèrent contre leurs torses avant de se les refiler comme de précieux enfants, qui bientôt sauraient parler.

Ce qu'on ignorait, précisa Livio, c'est ce qu'étaient devenus les bibliothécaires, qui avaient tenté de s'interposer, car en ce lieu officiaient des hommes et des femmes savantes qui avaient choisi, recensé, catalogué, couvert de papier cristal chacune des acquisitions, avaient rédigé des fiches, qui précisaient le nom de l'auteur, le titre, l'éditeur, la date de parution, et qui étaient comme la carte d'identité du livre, on pouvait parier que les bibliothécaires avaient rédigé ces fiches avec une conscience et sans doute un engagement total, qu'ils avaient ensuite imaginé comment classer les livres, par discipline, la médecine, la sociologie, la philosophie, la littérature, et puis par ordre alphabétique d'auteur, cela avait pris de longs mois, et même des années, s'emballait Livio, cela avait été le projet de toute une vie, constituer une bibliothèque, qui contenait tout ce qui se référait à la sexualité humaine, au corps, au désir, au genre, à la procréation, aux dysfonctionnements, jusqu'aux déviances les plus improbables, cela avait occupé toutes les journées et parfois les nuits des bibliothécaires, qui avaient mis au point un système de rayonnages, de vitrines, et aussi d'échelles pour disposer au mieux les volumes et les rendre accessibles, cela avait été le flamboyant dessein de Magnus Hirschfeld, et des hommes, intellectuels, médecins, chirurgiens, juristes, amis, qui l'avaient épaulé. « Amis », se contenta de dire Livio, qui n'osa pas prononcer le mot « amants » dans une salle de classe, « amis » c'était un mot plein de sous-entendus, qu'on pouvait tordre à sa guise et dont on ne sait pas, quand il est émis à voix haute, s'il est masculin ou féminin.

En une nuit, l'œuvre patiemment constituée avait été saccagée, et les hommes qui étaient présents arrêtés et suppliciés. Mais cela faisait déjà des mois que les homosexuels et apparentés étaient arrêtés et torturés dans les commissariats, cela faisait des mois que les clubs de nuit et les cabarets fermaient, et qu'on embarquait les clients comme le personnel vers des destinations sordides.

Livio fit une pause, conscient soudain de la violence qu'il était en train d'évoquer, et comme pour relativiser, il précisa qu'en d'autres lieux, au même moment, certaines bibliothèques universitaires étaient dépouillées des volumes dans lesquels les étudiants délateurs voyaient une infamie.

Il s'arrêta comme s'il était effrayé par son propre récit, et gagné par l'ampleur du désastre qu'il avait prévu de raconter, mais qu'il n'avait pas encore regardé en face.

Et c'est en énonçant les faits depuis l'estrade, en formulant des phrases qui mettaient son corps entier à l'épreuve, sous le regard des garçons et des filles de la classe, qu'il réalisait avec quel succès la brutalité nazie avait su enrôler les jeunes gens pourtant éduqués.

Quelqu'un dit que s'exiler était lâche, Hirschfeld n'aurait-il pas dû rester solidaire et résister avec ceux qui n'avaient pas d'autre choix que de demeurer à l'Institut ? C'était un peu facile de laisser tomber ses soi-disant amis.

C'était tout le paradoxe de la résistance, répondit Livio, et l'on sentait qu'il improvisait à la façon dont il ouvrit à demi la bouche comme pour laisser sortir un « euh », ne valait-il pas mieux combattre l'ennemi de l'intérieur ? Il posa la question, tout en craignant qu'Arthur n'intervienne, mais Arthur baissait les yeux, et mâchait à présent un chewing-gum en prenant un air dégoûté. Quant à l'exil, poursuivit Livio, on savait difficilement à quel moment il fallait s'enfuir, entre le trop tôt ou le trop tard, que fallait-il choisir ?

Et aujourd'hui qu'il a fallu admettre la disparition sans appel de Livio, on comprend à quel point cette question le concernait. À quel type d'exil Livio s'était-il voué ?

Pouvait-on en vouloir à Hirschfeld d'avoir quitté le navire qu'il avait bâti ? Sauver sa peau et celle des autres, c'était deux choses différentes, mais c'était allé si vite, se risqua Livio. Il n'avait pas pu prévoir le grand incendie, puisque cet autodafé était l'un des premiers de l'histoire du nazisme, de ceux qui allaient inaugurer une voie nouvelle, et prendre tout le monde de vitesse. Livio ajouta que Hirschfeld avait tenté de remonter son Institut à Paris, mais en vain. Les Français n'avaient visiblement pas été aussi coopératifs qu'il l'avait espéré.

Après avoir balancé les livres par les fenêtres avec des gestes amples accompagnés de cris, en une délectation spéciale, raconta Livio, après avoir salopé les exemplaires sur lesquels certains n'hésitèrent pas à cracher, voire même à pisser, au risque de compromettre la vertu inflammable du papier, les camarades nazis avaient rejoint ceux restés sur la chaussée, qui avaient évité de se prendre les volumes sur la tête, les avaient recueillis dans des brouettes, qu'ils avaient empruntées Dieu sait où, et avaient fait des allers et retours laborieux, comme des fermiers transportant du fumier, entre l'Institut et le coin de la rue où ils avaient érigé une pyramide en poussant des cris.

Et là, Livio commençait à mimer, indifférent au fait qu'il pouvait se ridiculiser.

Mais le bûcher rechignait à s'enflammer. Les garçons redresseurs de torts n'avaient pas pensé que le feu se contenterait de noircir les couvertures, et atteindrait si peu les pages à l'intérieur, comprimées et presque intouchables. Ils eurent un instant de doute, dit Livio, quand la population commença à s'approcher, et que leurs gestes et leur cérémonie, au lieu d'être rassurants et impeccables, eurent du mal à en imposer. Ils tiquèrent devant les flammèches paresseuses, et sans doute de mèche avec la littérature désignée par eux comme honteuse et ordurière, qui ne produisaient rien d'autre que de la fumée et de petites quintes de toux qu'ils eurent du mal à contenir.

Un chef donna un ordre en hurlant, imagina Livio en agitant sa mèche, malmena un subalterne, qu'il rendit responsable de leur fiasco, celui préposé aux allumettes et aux bidons d'essence qu'il n'avait pas encore déchargés de la camionnette, par manque de bras, de jugeote et de capacité d'anticipation, par peur que tout ne s'embrase dans la précipitation, ce garçon encore novice, probablement étudiant de la faculté des sports ou de l'école vétérinaire, pas rompu au monde du papier, qui n'avait sans doute jamais allumé un feu, ni lu Jack London, ce garçon qui n'avait jamais actionné un soufflet devant une cheminée remplie de bois humide, et pas même fait brûler des insectes à la faveur d'une loupe, ce drôle de garçon fluet affichant toutefois un brassard nazi sans équivoque, hésitait encore devant la montagne qui crachotait plus qu'elle ne flambait.

Livio semblait s'amuser, et l'on peut parier qu'il inventait pour que la mise en scène récompense enfin la patience de ses camarades. Et même si les choses ne s'étaient pas réellement passées de la sorte, c'est ainsi qu'il avait envie de les raconter, apportant un peu de loufoquerie pour masquer cette ignominie qui n'avait de cesse de le ronger, et pour se venger, ne serait-ce que par les mots, de ces garçons cruels.

Livio en oublia d'inscrire au tableau ce

pillage de l'Institut le 6 mai 1933

qui était censé représenter le point d'acmé de la matinée. Il n'en était plus là, il abandonnait sa méthode au moment d'entamer la dernière ligne droite, trop occupé à tenter de transmettre un enchaînement d'actes qui semblaient relever de la folie. Et ce fut Marion qui lui rappela cette entorse à la règle, totalement à côté de la plaque, embarrassée que Livio se soustraie aussi facilement à cette discipline qui la rassurait.

Terrorisé à l'idée de ne pas être à la hauteur, l'apprenti nazi, en chemise blanche, pantalon trois quarts et cravate, envoya à la camionnette un autre garçon tout autant dépassé par les événements, qui revint en courant bizarrement avec un bidon dans chaque main. Ce fut la consternation quand celui-ci répandit imprudemment ce gas-oil censé donner au bûcher la fougue qui lui manquait. L'odeur d'essence dépassa celle des flammes, qui montèrent, soudain bondissantes et carnassières, précisa Livio en poursuivant son délire, mais ce ne fut qu'une illusion, cet effet de manche retomba vite à plat, en même temps que des rigoles de feu se répandaient là où il n'y avait pas de livres, jusque dans le caniveau et menaçant les pieds des passants, dont certains auraient bien prêté main-forte et donné à cette montagne de papier décadent le coup de grâce qu'ils espéraient.

Ce premier bûcher expérimental, qui s'était voulu sans pitié, s'essouffla, en même temps que les nazis s'époumonaient à hurler des ordres contradictoires. La majeure partie des ouvrages, que la hargne homophobe et antisémite ne parvint pas à anéantir, restèrent comme solidaires, en de petits blocs inséparables, plus souillés que cramés. Mais ce n'était qu'un sursis, car les jeunes gens haineux, décidés à aller jusqu'au bout, les sortirent du bûcher en salissant leurs gants de cuir, puis les chargèrent dans les véhicules pour les réserver à un meilleur destin dont ils avaient le secret.

Livio changea de visage, se reprit après son envolée théâtrale, et revint sur l'absence de Magnus Hirschfeld, qui n'apprit le crime que le lendemain, sans doute par la radio, et celle des auteurs de ces diverses publications, dont certains furent arrêtés dans la nuit, portés disparus à jamais.

La classe était restée sans respirer, comme si les images de l'autodafé s'étaient déroulées sous les yeux de l'assemblée. Chacun avait été sidéré devant le grand corps de Livio qui ne savait plus comment se contenir, après avoir joué la scène autant qu'il l'avait racontée, lui d'ordinaire si peu démonstratif. Et qui commençait à se remettre à trembler, sachant que l'heure touchait à sa fin, qu'il lui faudrait conclure, et surtout, prenant conscience qu'il était allé au bout du récit, avait traversé tous les obstacles, s'était entêté, avait résisté aux paroles agressives des uns, aux ricanements des autres, mais aussi à l'indifférence de la plupart. À présent qu'il avait accompli ce qui ressemblait à bien plus qu'un coming out, qu'il avait improvisé un discours plus qu'un exposé, on sentait qu'il menaçait de s'effondrer, le malaise était soudain palpable, celui qu'il dégageait devant l'impressionnant silence qui allait suivre, et celui qui semblait avoir gagné Mme Martel, qui avait éprouvé le besoin de se relever et de se blottir à nouveau contre la fenêtre et ses courants d'air froids, son manteau de fausse fourrure posé sur les épaules.

C'est alors que Camille est intervenue, touchée par l'étrangeté de la situation et par le sentiment que Livio était en danger. Elle s'est levée sans l'avoir prémédité, mue par une drôle d'énergie, elle s'est levée pour sortir Livio de l'impasse dans laquelle elle le voyait s'enfoncer, elle voulut lui épargner cette fin tragique, celle annoncée qui ferait suite à sa dernière phrase : « certains furent arrêtés dans la nuit », qui sous-entendait que des garçons comme Livio avaient été interrogés et torturés, pour lui épargner l'inévitable descente après cette longue et audacieuse traversée, et peut-être pour s'éviter à elle-même cet effondrement qui la guettait devant ce qu'avait révélé Livio de sa nature profonde, elle s'était levée et avait posé une question, simple et scolaire, banale et maladroite. Qu'elle ne regrette pas d'avoir posée, puisque c'est surtout de ces dernières phrases dont elle se souvient aujourd'hui, de ces garçons « portés disparus ». Étant entendu que c'est ainsi qu'on désigne Livio désormais.

Camille a demandé s'il savait ce qui avait suivi ces premiers autodafés, est-ce que le peuple allemand s'était révolté, est-ce qu'il y avait eu une réaction, une contre-offensive, est-ce que ce sacrilège, de s'attaquer aux livres, n'avait pas été le point par lequel les Allemands allaient comprendre le véritable dessein du régime nazi, puisque comme venait de le dire Livio brûler des livres conduisait finalement à brûler des hommes ? Personne n'avait-il compris qu'autoriser les nazis à franchir ce pas, c'était les laisser aller au bout de la barbarie ?

Livio sourit et demanda à la professeure s'il avait encore le temps, comme la cloche était en train de sonner, et que les élèves commençaient à s'étirer et à rassembler leurs affaires. Mais Mme Martel, dont on sentait qu'elle était ébranlée, permit à Livio de répondre rapidement, s'il le souhaitait. Livio s'appuya un peu au tableau, et l'on voyait que la question de Camille venait le faucher là où il avait prévu d'enchaîner. La voix de Camille lui rappelait ce qu'il tentait d'oublier, sa vie au quotidien, dont il savait à quel point elle était un scénario arrangé de toutes pièces. La question de Camille lui remettait en tête cette soirée qu'il avait passée il y a peu avec ses parents un jour où ils s'étaient rendus à l'anniversaire d'une de ses cousines, qui fêtait ses trente ans.

Il avait dû s'habiller de cette façon qu'il détestait, avec une chemise dont il n'aimait pas la coupe, et une veste de costume que sa mère avait achetée à la boutique au moment des soldes, dans laquelle il ressemblait à ces garçons de bonne famille, à cause du bleu marine et du petit écusson sur le revers qu'il avait décousu lui-même avec les ciseaux à ongles de sa mère.

Il avait pris part au repas, dans cette salle municipale du village près de Chambéry, assis face à des gens qu'il ne connaissait pas et à qui il n'avait rien à dire. Il échangeait des textos avec Camille, et c'était comme cela qu'il tenait, il n'avait aucune intention de se lier à ces inconnus, des amis et collègues de travail de sa cousine pour la plupart, et le peu de famille qui restait.

Il avait dû chanter en chœur cette chanson d'anniversaire au moment où le gâteau était arrivé, entonnée en français, puis en italien. Il avait accepté de danser sur une musique qui le rebutait, encouragé par une amie de sa cousine extrêmement loquace, à qui il était possible qu'il plaise bien qu'elle fût beaucoup plus âgée que lui. Il avait bu de l'alcool discrètement, en tournant autour de la table pour se verser un verre, puis encore un verre, quand ses parents ne regardaient pas. Il surveillait son téléphone portable, glissé dans la poche intérieure de sa veste, et il affichait un sourire un peu factice.

Il avait dû se prêter aux différents jeux organisés tout au long de la soirée. Il avait dû applaudir et rire aussi quand des animations avaient été proposées, et notamment ce jeu de mime des expressions, malgré sa réticence qui se changeait en désarroi. Il avait été, la plupart du temps, le premier à trouver la réponse, quand l'un des convives avait mimé des gestes gauches pour faire comprendre « prendre des vessies pour des lanternes », « voleur comme une pie » ou « rouler à tombeau ouvert », une étape que chacun avait trouvée déplacée, tombée là comme une gaffe, mais qui rappelait que la mort, même survenue lors d'un séisme spectaculaire, se devait de s'oublier dans pareilles circonstances, avant qu'on désigne un volontaire pour figurer ce « pédé comme un phoque » dont on était sûr qu'il amuserait la galerie.

Un homme, qui était le fiancé de sa cousine, avait alors commencé le jeu de mime en déambulant avec des escarpins empruntés à sa future femme, faisant des manières avec un foulard qu'il agitait lascivement comme s'il s'était agi d'un boa, tordant un peu des fesses, déclinant tous les clichés universellement disponibles, des plus bas de gamme aux plus sophistiqués, et finissant par mimer un animal censé ramper sur la banquise, que la bedaine de l'homme, déjà imposante malgré son jeune âge, avantageait et contribuait à rendre écœurant mais crédible, sans que personne trouve cette expression que Livio avait devinée dès les premières secondes. Il faut dire qu'elle était tordue, plutôt perverse, et tout à fait désobligeante à l'égard du phoque en question, d'autant qu'il paraîtrait que l'animal n'y serait pour rien, mais qu'il fallait plutôt se tourner du côté du foc, la petite voile sur un bateau de plaisance, censée prendre le vent par l'arrière, ce que tout le monde dans l'assistance ignorait. Peu importait l'origine de l'expression, on n'était pas là pour ça mais plutôt pour donner libre cours à ses instincts les plus vils. Quand la réponse était montée à la tête d'un homme d'une quarantaine d'années, un ami d'on ne sait qui, plutôt chic malgré sa chemise trop ajustée et une boucle de ceinturon prétentieuse, l'assemblée se mit à pousser des hurlements de rire, qui transpercèrent d'autant plus l'abdomen de Livio qu'il voyait en face de lui son père s'esclaffer, se taper sur les cuisses, et sa mère afficher une mine réjouie d'une ingénuité glaçante, et les collègues de la cousine, et les amis des amis, et bientôt toute l'assistance qui ondulait comme une vague au seul et même visage hilare et complice. Et Livio ne sut pas s'il devait sourire aussi, ou s'il était temps d'en finir avec cette complaisance qui le brûlait à petit feu.

Il s'était contenté de sortir, pour respirer l'air froid, et de marcher longuement en regardant les étoiles accrochées à un ciel si noir qu'il donnait le vertige. Il était au pied des montagnes dont il devinait la masse sombre, il se disait que de l'autre côté il y avait l'Italie, mais cela ne représentait rien pour lui. L'Italie n'avait jamais été, ne serait jamais d'aucun réconfort. Ce n'était qu'un paradis perdu dans l'imagination des parents. Il s'en rendit compte d'un coup et cela ajouta à sa tristesse. Il aurait voulu appartenir à quelque chose, mais il ne savait pas encore à quoi.

Livio revenait au peuple allemand qui aurait pu se révolter, comme ces gens ce jour d'anniversaire dans cette salle des fêtes de campagne auraient pu s'interdire cet épisode désolant, qui fabriquait de la joie, de la connivence, et rompait avec la routine si décevante de leur vie quotidienne. La joie se répandait au détriment de l'humiliation, combien avaient-ils été, ce soir-là, à s'en rendre compte ?

Livio reprenait son souffle après avoir parcouru cette longue distance, et ouvrit grand les yeux, dont on distinguait les cernes à présent que le store avait été relevé, comme pour convier chacun à l'ultime épreuve de vérité. Sans répondre à Camille pour autant. Mais la suite était la meilleure des réponses qui fût.

Livio dit qu'après ce premier tour de chauffe, ce premier brasier trop modeste à leurs yeux, qu'ils s'étaient autorisé dans le cadre du pillage en règle des bibliothèques et des librairies, les troupes d'étudiants, galvanisées comme jamais, mais aussi les SA, c'est-à-dire les Sections d'assaut, les vraies cette fois, conduites par Goebbels, organisèrent le transport des volumes en vue du grand autodafé du 10 mai 1933, soit quatre jours plus tard, sur la place de l'Opéra de Berlin – rebaptisée la Bebelplatz, là où Micha Ullman avait créé sa « Bibliothèque engloutie » – et dans plusieurs universités allemandes. Ce fut « la nuit de la honte », précisa Livio, qui sacrifia vingt mille volumes de littérature, de poésie, de science ou de philosophie, dans une liesse qu'on aimerait avoir du mal à s'expliquer, et dans laquelle le maître de la propagande voyait un formidable exercice pédagogique.

Et ce furent ces corporations d'étudiants, ceux-là mêmes exhortés par les nazis à défendre la purification de la langue allemande, rappela Livio, ce furent des étudiants quasiment de votre âge qui, après avoir dénoncé certains de leurs professeurs, alimentèrent les bûchers.

Le brasier au cœur de Berlin fut cette fois érigé avec du bois, de véritables poutres censées attiser le feu et éviter les désagréments des premiers essais, qui s'étaient avérés çà et là un peu poussifs, comme celui de la bibliothèque de l'Institut, un peu raté, autant dire un petit brasier de pédé, faillit dire Livio, avec lequel les nazis avaient frôlé le ridicule. Cette fois, la cérémonie devint spectacle, et l'on pensa aux bûchers qui brûlèrent les sorcières, les annonciateurs de mauvais augure, et les hommes en avance sur leur temps. La température monta d'un coup, réchauffant cette nuit de mai frisquette, faisant jaillir du noir lugubre une lumière inespérée, qui fit danser le sombre des façades, creusa une trouée claire jusque dans le ciel, capta tous les regards à des centaines de mètres à la ronde, et hypnotisa les passants, comme seul un feu peut le faire. Ce grand feu rassemblait, grondait et hypnotisait, poursuivait Livio, le feu gagnait, cette fois sans pitié, réduisait toutes les pages, mangeait tous les mots, le feu avalait la pensée, exactement comme l'avaient espéré les nazis, le feu dévorait la science, la connaissance, la littérature, le théâtre, l'idée même de la vie et de sa complexité, et en premières lignes les œuvres de Freud, de Marx, d'Einstein, de Heine, de Remarque, de Brecht, de Döblin, de Zweig, de Tucholsky, balancées dans les flammes, parce que jugées trop juives, trop communistes, trop pacifistes, trop libérales, trop pulsionnelles, trop décadentes, trop traîtres, trop libres, trop vraies, trop affectées.

Mais il était encore une chose à laquelle les chemises brunes n'avaient pas pensé, même si l'action se devait de se dérouler dans une précision toute militaire, avec feuille de route à l'appui, horaires et protocole à respecter, étant entendu qu'il fallait que les festivités se terminent autour de vingt-deux heures trente pour qu'elles puissent être retransmises sur les ondes de la radio nationale, ironisait Livio, les nazis, pour l'instant spécialistes en propagande, en passage à tabac et en brutalités de tous genres, n'étaient pas des pros de la crémation, ce qui hélas viendrait plus tard dans les proportions que l'on sait. Ils n'étaient pas les meilleurs artisans charpentiers au monde, car le bois utilisé, qui venait directement des scieries implantées au nord de Berlin, du côté de la forêt de Buchenwald-Grumsin, près de la frontière polonaise, à ne pas confondre évidemment avec l'autre Buchenwald, celui-là près de Weimar où fut implanté le camp de concentration du même nom, ajouta Livio sans respirer comme s'il savait que cette digression était superflue à cette heure de la matinée, le bois utilisé n'était autre que du pin, le moins cher des combustibles, alors que cette forêt, comme son nom l'indique, regorgeait de hêtres, dont l'usage était réservé à des fins moins triviales.

Comme chacun sait, sauf les nazis de l'époque pour le moins dilettantes et mal conseillés, le pin, s'il s'enflamme rapidement, provoque une fumée qui peut virer au noir, mais surtout il contient de la résine, substance impossible à réduire, qui crépite et répand une gomme parfumée dont l'effluve enivrant est peu compatible avec la visée criminelle de l'autodafé. Le pin, essence de bois à bannir des cheminées, à cause de l'encrassement qu'il provoque – et cela Livio le tenait de son père et de ses ancêtres charbonniers –, transformait l'opération en un genre de feu d'artifice, qui projetait dans les airs des braises incandescentes comme autant de fusées dont le doux arôme était à deux doigts de compromettre la solennité virile qu'espéraient les hommes patibulaires. Mais l'excitation était telle, dit Livio, que personne ne se laissa attendrir par son odorat. Le symbole, les chants et le discours galvanisant de Goebbels monté sur une petite estrade prenaient le pas sur la réalité. Et c'est dans cette atmosphère de pinède pétaradante que les nazis, pour leur grande soirée d'abominable gala, prenaient des brassées entières de livres qu'ils déchargeaient des camionnettes, tamponnaient de la croix gammée avant de les jeter dans le feu, et de défiler, encore et encore, comme des Indiens pendant une danse du scalp, tournant autour du brasier, brandissant des drapeaux rouge et noir aux couleurs de l'incendie, certains qu'ils imposaient leur autorité et qu'ils débarrassaient le monde futur de tous les péchés.

Partie 2
Les jours d'après

Ce qui suivit était prévisible.

Arthur attendait Livio dans le couloir qui conduisait au restaurant scolaire, dans le renfoncement sous l'escalier. Ses menaces tenaient en quelques mots, qu'il émit sans témoin.

Livio passa la soirée seul chez lui. Camille allait chez son père, comme cela était prévu par le roulement des week-ends, ce qui arrangeait l'un et l'autre. Ils s'étaient assis à la même table à la cantine, mais il y avait aussi Marion et David, et personne n'avait eu envie de commenter l'exposé de Livio, ils s'étaient contentés de dire que c'était top, David avait ajouté qu'Arthur était un gros naze. Et c'était tout, top et naze, voilà le résultat de la matinée, même si chacun ressentait des choses plus complexes, ils ne pouvaient pas en parler à chaud, là, devant leur plateau-repas.

Ils avaient raté une occasion d'apporter à Livio le réconfort dont il avait besoin, qui aurait sans doute inversé le cours des choses. Marion et David le comprendraient après, une fois que Livio serait porté disparu, ils ne se pardonneraient pas leur silence, leur manque de cran. Ils n'avaient pas osé, pas dans ce brouhaha, pressés au milieu du flot d'élèves qui attendaient qu'une table se libère. Ils ne s'expliquaient pas davantage leur apparente indifférence quand, à cinq heures, ils s'étaient séparés. Camille avait couru retrouver son père qui patientait au volant de sa voiture mal stationnée, Marion et David allaient à l'entraînement de handball et n'avaient pas même pris le temps d'une cigarette avec Livio devant la grille du lycée. Comment cela avait-il été possible ? C'est comme si tout le monde avait fui, tout le monde l'avait évité.

Livio était rentré seul et s'était enfermé dans sa chambre. Il n'avait rien pu faire d'autre que de s'allonger sur le lit, guettant le retour de son père. Il avait attendu un texto de Camille qui ne venait pas. Il savait qu'elle savait. C'est sans doute ce qu'il avait voulu, sans le décider vraiment. Peut-être que son exposé n'était destiné qu'à Camille, il avait été contraint à cette mise en scène pour pouvoir dire quelque chose de lui. C'était tout ce qu'il avait trouvé.

Il était allongé, les écouteurs sur les oreilles, qui l'avaient empêché d'entendre la façon dont le père tournait dans la cuisine, à la recherche d'un morceau de fromage et de ce verre de vin bien mérité, comme il disait, qui marquerait la fin de la semaine.

Il repensait à cette heure passée debout sur l'estrade dont il avait espéré qu'elle susciterait autre chose que de la défiance, mais à part Mme Martel qui l'avait complimenté, trop rapidement et elle s'en était excusée, parce qu'elle était déjà en retard pour un rendez-vous avec l'administration, à part Mme Martel qui avait souligné en deux phrases conventionnelles le sérieux de son travail, sans avouer qu'elle avait appris beaucoup de choses ni saluer son courage, ce qu'elle se promettait de faire à la prochaine occasion, personne ne l'avait regardé comme il espérait. Il se repassait la scène, revivait les réactions des uns et des autres, il s'en voulait de s'être ainsi donné en spectacle.

Il sombrait dans un grand vide, une sorte de vertige sans fin. Il s'abandonnait à un genre de tristesse compliquée parce qu'il était le seul responsable de ce qui venait de se produire. Il avait en quelque sorte organisé sa propre chute. Mais il avait toujours su que ce serait le passage obligé. C'était enfin arrivé, il n'était ni soulagé ni libéré. C'était tout le contraire. Le ciel s'était obscurci d'un coup. Il sentait la honte monter.

Il avait fini par se lever avant que sa mère rentre, il avait voulu faire la cuisine, se rendre utile, susciter un peu d'attention, le vendredi était un jour où ils dînaient tous les trois quand Livio ne sortait pas. Au cours du repas, Livio avait tenté d'amorcer une conversation, pour ne pas rester seul, pour ne pas se couper davantage, il avait besoin de ses parents soudain. Il avait essayé de poser des questions sur leur travail, ce qui les avait étonnés, puis il avait voulu les associer à ce qu'il étudiait, comment se faisait-il que ses parents ne se sentent pas concernés par sa vie au lycée ? Étaient-ce deux mondes incompatibles ? Pourquoi ne l'avaient-ils jamais emmené au Mémorial de la Résistance, ou simplement au théâtre, pourquoi ne faisaient-ils jamais d'allusion à ce qu'ils avaient vécu avant sa naissance, eux mais aussi ses grands-parents qui avaient connu la guerre ? Alors que dans la famille de Camille, c'était tout le contraire, sa mère ne cessait de raconter, et c'était parfois lassant.

Livio avait essayé de parler, c'était un peu bizarre, ces questions soudain, ce n'était pas son genre, il empêchait ses parents de déglutir tranquillement, il voulait savoir qui avait émigré d'Italie et qui était resté, il sentait que c'était le moment, il avait espéré apprendre des choses sur leur jeunesse dans les années 1980, leur mariage en 1991, il avait voulu comprendre pourquoi il n'avait ni frère ni sœur, comme s'il manquait une étape. Il avait peut-être tenté de resserrer le lien, dont il savait qu'il risquait de se fracturer bientôt. Mais ses interrogations n'avaient pas donné grand-chose, sa mère était restée évasive comme le plus souvent, répétant que leur vie ne valait pas la peine d'être commentée, qu'elle était bien trop ordinaire, et que depuis le tremblement de terre ce n'était plus comme avant, où il y avait au moins les vacances dans les Abruzzes.

Le père avait tout de même parlé de l'Italie d'aujourd'hui, en prenant un air dubitatif, de l'alliance qu'avait conclue la Ligue avec le

Mouvement 5 étoiles, il avait dit qu'il était pour la fermeture des frontières et la sortie de l'Europe, il espérait un bon tour de vis généralisé, cette expression que Livio s'était surpris à formuler sur l'estrade. Alors Livio avait demandé pour Mussolini, il voulait savoir si la famille avait jadis été du côté du Duce. Et là, son père avait éclaté de rire, c'était l'une des rares fois où il le voyait rire, et cela le surprit. La réponse que fit son père permit à Livio de le considérer autrement. Le père déclara qu'une famille, ce n'était pas un seul bloc, c'étaient parfois des opinions et des mœurs divergentes. On peut se fâcher pour ses idées, disait son père en épluchant une pomme, sous la lampe qui diffusait une lumière blanche, il avait formulé sa phrase en baissant les yeux, occupé à réaliser un chapelet délicat en pelant sa golden un peu molle, et Livio regardait ses doigts robustes et ses ongles sous lesquels le ciment, que pourtant il n'était plus censé manipuler, restait incrusté. Sans savoir que penser.

Livio avait repris espoir, il avait aimé cette parole du père, pour le moins intrigante. Mais il avait peur d'en demander davantage. Voulait-il vraiment savoir ? Il était épuisé, à force de garder pour lui la violence de cette journée. Il aurait voulu dire quelque chose de lui enfin. C'était là, maintenant, il devait saisir le moment, raconter son exposé, et tout pourrait s'enchaîner. Mais il n'y arrivait pas, son cœur s'emballait. Il ne savait pas comment construire sa phrase. Ça ne venait pas. Il se sentait tellement loin.

Et puis sa mère avait redit, en pliant sa serviette, que leur vie n'avait rien d'exceptionnel. Leur vie tenait en quelques photos classées dans deux albums, et plus récemment dans un fichier informatique, à partir de la naissance de Livio, où un appareil photo numérique leur avait été offert. Elle avait ajouté cette phrase décourageante entre toutes, qu'après ce qui était arrivé ils avaient juste envie d'être tranquilles. Tranquilles il les laisserait.

Après qu'il avait débarrassé la table et proposé à sa mère de faire la vaisselle, il avait été déçu de voir son père allumer la télévision, comme s'il n'avait pas dit cette chose incroyable, qu'une famille ce n'était pas un seul bloc, qui aurait mérité qu'il se livre davantage. Mais le père, après avoir passé un coup de balai dans la cuisine, ce qui était sa spécialité du week-end, après avoir vérifié à deux reprises que les boutons de la gazinière étaient fermés, s'était installé sur le canapé du salon, les pieds sur un coussin disposé sur la table basse, ce qui signifiait qu'il ne fallait plus rien lui demander. Livio n'avait d'autre choix que de regagner sa chambre. Sa mère, surprise par l'étrangeté de cette soirée, avait malgré tout flairé que Livio ne tournait pas rond, elle avait demandé, en plaisantant, s'il ne couvait pas quelque chose, comme elle le faisait quand il avait huit ans. C'était forcément lui qui avait un problème, cela ne pouvait pas être eux.

Une fois seul, Livio voulut appeler Camille, il aurait pu envoyer un message, il était encore temps, rien n'était encore si grave. Livio aurait voulu dire quelque chose à quelqu'un, mais comment faire quand on vient de décevoir les uns, de blesser les autres, comment faire quand on est celui qui trahit. Il alluma son ordinateur pour vérifier encore un détail, il voulait connaître le véritable nom des Aubrac, dont il apprit qu'ils s'appelaient Samuel. Il se demanda s'il ne pourrait pas changer de nom lui aussi.

Il entendait la télévision de l'autre côté de la cloison, mais il sentait comme il décrochait, de plus en plus inaccessible, et il comprenait, en entendant la ferveur qui animait les spectateurs de l'émission de divertissement, qu'il lui faudrait quitter cette maison.

Il pleura comme le fait un garçon de dix-sept ans qui se sent devenu étranger. Comme éconduit après avoir essayé d'être moins seul. Il entendit sa mère qui marchait dans le couloir, le bruit de ses mules approchait, puis ses pas se dirigeaient vers la salle de bains, où elle allait se brosser les dents avant de se coucher, rien de plus que cela. La vie ordinaire et terrifiante, répétée chaque jour, qui le laissait désormais hors champ. Livio voulut prendre le livre de Verlaine, comme la seule consolation possible, mais il n'était capable de rien. Il feuilleta sans lire vraiment. La peur occupait toute la place. Il avait lu récemment sur Facebook que la police tchétchène avait demandé aux parents de tuer leurs enfants gays. Il ne pouvait oublier cette phrase. Il ne bougeait pas, blotti sous le drap.

La mère de Livio aurait pu être la dernière chance. Comment était-ce possible qu'elle n'ait rien vu ? Comment pouvait-elle traverser un couloir, considérer son visage dans le miroir de la salle de bains, se démaquiller, à quelques mètres de la chambre de son fils, sans comprendre qu'elle venait de partager avec lui sa dernière soirée ? Qu'est-ce qui encombrait à ce point son cerveau ?

Était-elle à ce point occupée par son travail et les injonctions à atteindre chaque jour la perfection ? Veiller à attraper l'autobus de huit heures quatorze, dans lequel elle avait rarement une place assise, à porter des vêtements impeccables, que sa manageuse ne jugerait ni trop ringards ni trop clinquants, qu'elle repassait le matin même, encore en sous-vêtements, en jetant un œil à la pendule de la cuisine, et qu'elle essayerait de ne pas froisser durant le trajet. Était-elle à ce point préoccupée par sa coiffure qu'elle se devait de tenir aussi soignée que possible, grâce à des rendez-vous réguliers dans un salon en ville où elle se rendait pendant sa pause-déjeuner, dont elle disait qu'ils la ruinaient, était-elle à ce point obnubilée par ses cheveux blancs qui nécessitaient un Diacolor de plus en plus fréquent ? N'avait-elle pas vu chez ce garçon qui appliquait la couleur puis la shampouinait quelque chose qui lui faisait penser à Livio, ce garçon dont elle vantait la délicatesse ? Ne pouvait-elle pas s'accorder une seconde pour faire un lien, et émettre le même jugement pour son fils, dont elle soulignait rarement les qualités, ne se rendait-elle pas compte que quand elle parlait de « son petit coiffeur » cela blessait Livio qui restait sur la touche, transparent, qui tentait d'attirer l'attention, comme ce jour où il montra à sa mère le cadeau que venait de lui faire Camille, un gros anneau en argent qu'il venait juste d'accrocher à son oreille, ce qui lui fit dire sans réfléchir qu'il ressemblait à La Vache qui rit ? Alors qu'elle trouvait si attendrissants les piercings de « son petit coiffeur ».

Il était encore temps que la mère de Livio réagisse, qu'elle stoppe son avancée dans le couloir, ce n'était pas si compliqué, il lui aurait suffi de mettre en route son sixième sens ou de faire preuve d'indiscrétion, pour une fois. Cela, on ne pouvait pas le lui reprocher, elle était la moins intrusive des mères, comme si elle avait peur de la vérité, elle posait peu de questions sur la vie de Livio, et ne cherchait pas à savoir s'il trichait. Elle se contentait du bulletin scolaire, excellent depuis toujours, ce qui avait été une source de fierté, avoir un enfant dont la précocité les avait toujours flattés vis-à-vis de la famille. Et ce qui l'autorisait à penser que son fils allait bien. Elle ne savait pas que la perfection était parfois un symptôme, elle cherchait sur le bulletin les appréciations rassurantes, et elle les trouvait. Livio se cachait lui aussi derrière ces résultats impeccables, qui avaient acheté sa tranquillité si longtemps et masqué la réalité.

L'attention reviendrait, pour elle comme pour le père, qui seraient obligés de sonder leur mémoire et leur intuition, après la disparition de Livio, il y aurait un moment où ils se demanderaient s'ils avaient raté quelque chose. C'était l'angoisse ordinaire des parents, avoir raté quelque chose, et peut-être même avoir tout raté.

Livio était allongé sous le drap, avec dans la tête des images qui se précisaient, qui l'avaient déjà traversé, mais qu'il avait jusqu'alors tenues à distance. Il passait en revue les façons de mettre un terme à tout ce cirque, avant d'être pris au piège des menaces émises par Arthur. Il pensait à la falaise au bout du terrain militaire, à l'à-pic qui déboule sur un pierrier, il pensait à la voie ferrée au bord du Rhône, le long de laquelle il avait souvent fait du vélo avec Camille, il pensait à ce miroir suspendu dans sa chambre, qu'il suffisait de briser pour en éprouver le tranchant, il somnolait en mettant en scène des images, celles de la vie à laquelle il voulait s'arracher, celle des parents qui prendraient son corps dans leurs bras, seraient traversés de regrets, soudain éperdus d'amour ; il commençait à rédiger la lettre qu'il leur adresserait, et qu'il écrirait aussi à certains élèves de sa classe, comme leur punition. Il écrivait mentalement ces lignes qui diraient son mépris devant la bassesse de leur esprit, et encore il ignorait ce dont certains seraient capables, ce qu'il apprendrait le lendemain. Il faisait des débuts de lettre, là sous le drap, il se laissait aller à ce romantisme qui le perdait.

Il voulait aussi écrire à Camille, mais il ne savait pas comment s'y prendre, parce qu'il n'avait rien à lui reprocher, c'était la seule qui l'avait aimé, pour ainsi dire protégé. C'était une chose bien plus difficile parce que parfaitement injuste, il ne pourrait l'accuser de rien, elle avait été parfaite, elle avait gardé tous les secrets, elle savait ce qui se passait dans le blockhaus quand Livio allait mal, quand il criait comme un animal après avoir trop bu, quand il disparaissait dans le bois et qu'elle seule savait le retrouver, quand il se peignait le corps de cette peinture ébène utilisée en arts plastiques, et qu'il s'adonnait à une expérience « guerre du feu » à écouter la musique fort, puis tombait ivre mort, près des braises, avec David, Marion et les autres qui aimaient l'intensité de ces soirées.

Livio avait eu tellement besoin de Camille, et sans doute aussi de la mère de Camille. Sans le savoir, il leur avait évité un tête-à-tête pesant au moment du divorce. Il avait fait ce que font les adolescents, il avait changé de famille un temps. Mais ce temps était fini, il ne savait pas comment faire machine arrière. Peut-être que sa lettre pourrait simplement dire merci.

C'est ce qui l'obsédait, ce vendredi soir aux alentours de vingt-deux heures, allongé sous le drap, alors que sa mère venait de quitter la salle de bains, et qu'il l'entendait à présent ouvrir la porte de la chambre des parents, puis tirer ces volets qui émettaient deux fois par jour le même roulement. C'étaient les bruits immuables juste avant la nuit, le vendredi soir de sa mère, solitude éternelle derrière la cloison. De l'autre côté, l'émission de télévision se poursuivait avec des cris, des rires, des tonnerres d'applaudissements et parfois une chanson.

Le samedi, Livio ne fit rien de particulier, à part essayer de savoir où habitait Arthur. Il avait rôdé dans la cité comme un animal aux aguets.

Le dimanche, Livio finit par envoyer un message à Camille à qui il proposa de le rejoindre au blockhaus.

Elle arriva au milieu de l'après-midi, alors que Livio n'y croyait plus. Elle avait pris de quoi boire et manger. Elle avait jusqu'à vingt heures, après quoi elle devait rentrer chez son père. Elle se glissa par l'ouverture après s'être frayé un chemin dans les buissons qui masquaient l'entrée. Elle n'arrivait pas à regarder Livio, ni à s'approcher de lui, la pénombre la protégeait. Elle s'assit contre la paroi et se mit à parler sur un ton qui sonnait faux. Elle reprocha à Livio de l'avoir laissée sans nouvelles. Elle renversait la situation, elle n'avait pas prévu mais cela se passa ainsi.

Elle n'avait pas dormi, ses yeux brillaient de fatigue mais aussi de cette colère qui montait en elle, et dont elle ne savait que faire. Elle s'était sentie abandonnée, c'est ce qu'elle disait, sur un ton agité, et elle ne parlait que de ces deux journées sans un signe de lui. Elle n'évoquait pas l'exposé. Elle s'entêtait, on aurait dit une scène, quelque chose d'exagéré. Elle ressemblait soudain à sa mère, qu'elle avait vue affronter son père sur le registre de la mauvaise foi, ce qui l'avait pourtant toujours dégoûtée. Dans la semi-obscurité du blockhaus, elle se laissait aller à déverser son amertume.

Mais ce qu'elle ne supportait pas, elle n'arrivait pas à le dire, elle ne supportait pas que Livio ait montré devant les autres qui il était, devant la classe entière, devant Mme Martel, elle ne comprenait pas cette façon qu'il avait eue de la nier pendant cette heure décisive, elle n'en était toujours pas revenue, Livio sur l'estrade en train de faire le show, et elle coincée, assise à un bureau sans pouvoir agir ni disparaître. Sous le regard des garçons et des filles qui avaient dû bien s'amuser.

Elle ne parvenait pas à dire cela à Livio, cette vérité qui l'avait assaillie pendant le week-end, et qui allait modifier leur vie future, cette évidence qui allait les séparer, et que rien ne pourrait réparer, puisqu'il ne s'agissait pas de désamour ou de lassitude, ou d'un emballement passager dont on revient, non Camille savait de quoi il s'agissait, il n'y avait pas de mot pour cela, elle n'en avait pas, elle ne savait pas comment ça s'appelait. Il faudrait inventer un mot.

Alors elle se débattait dans une zone sans mots, un genre de terrain vague qui ressemblait au terrain militaire où ils se tenaient. Avec des barbelés sur les bords, de la boue et une succession de dangers. Cette absence de mots la rendait vulnérable et de plus en plus enragée. Elle se disait qu'elle était comme sa mère, une femme trompée, ça l'écœurait, et en même temps, cela n'avait rien à voir.

Livio attendait que Camille se taise. Plus il entendait sa voix, plus il faisait corps avec la paroi de béton. Il voulut décapsuler une bouteille de bière pour avoir une occasion de fixer son attention. Il n'avait pas le courage de répondre, ni d'essayer de se justifier. Livio s'est acharné sur la capsule, qu'il tentait de faire sauter à l'aide d'un caillou, comme il savait le faire, on l'entendait respirer. Il n'écoutait plus Camille, dont les paroles tournaient en rond.

Livio avait passé la nuit à se détester, à mépriser ce garçon qu'il était, cette mollesse qui s'était emparée de lui, comme s'il avait capitulé. Il avait passé la nuit à penser à Magnus Hirschfeld, qui avait eu le courage de s'opposer, de passer outre l'adversité, qui avait défendu les droits des autres, avait lutté pour la suppression de l'oppression, avait risqué son statut, sa liberté et même sa vie.

Il s'était demandé ce qu'avait vécu Hirschfeld dans sa famille. Était-ce plus difficile de se confronter aux parents qu'à la foule des notables et des anonymes, avait-il rompu avec sa famille, avait-il assumé ce qu'il était devant son père, sa mère et peut-être une femme ? C'était avec des questions de la sorte que Livio avait traversé la nuit, il s'était épuisé à essayer de penser. Il s'était levé pour fumer à la fenêtre, sans faire de bruit, enveloppé dans sa couette. Il avait vu quand les nuages avaient découvert la lune, presque pleine, il s'était interdit de trouver cela beau. Il avait fini par retourner dans son lit, alors qu'un scooter remontait la rue en déchirant le calme de la cité endormie. Il avait continué à écouter le silence, secoué par le chagrin, et il avait fini par s'assoupir au petit matin.

Camille insistait, et Livio résistait. Il avait bu une première bière et en décapsulait une deuxième. Elle faisait mine de ne pas comprendre pourquoi il l'avait fait venir, elle prit un peu de la poussière qui jonchait le sol et la jeta sur Livio, pour voir, pour le faire réagir. Elle fit comme les enfants au bac à sable, elle était revenue à cette étape la plus primaire, elle ne savait que faire de sa frustration. Alors Livio, qui n'avait plus le choix, voulut aller au bout du malaise. Il dit à Camille ce qu'elle redoutait d'entendre, et il continua de boire au goulot. Il avait toujours imaginé que cette scène aurait lieu, il l'avait différée encore et encore, il avait espéré que Camille comprendrait d'elle-même, et qu'elle lui faciliterait les choses. Il avait imaginé que cette scène se déroulerait avec de la tendresse et des gestes complices, il avait idéalisé cet instant, il n'avait pas compris qu'il s'agirait d'une rupture. Et au moment de se jeter à l'eau, devant Camille qui fermait les yeux, ce qui venait entre ses lèvres c'était autre chose, c'était un enchaînement plutôt abrupt, avec peu de syllabes, presque rien. Cette chose énorme qu'il lui fallait dire, elle allait tenir en trois mots, sujet-verbe-complément, l'inverse de ce qu'il avait préparé. C'était tellement décevant, le son qu'il émettait enfin, calé contre la paroi du blockhaus, était une suite étriquée, dont il ne se serait pas cru capable, l'inverse de l'exposé brillant qu'il avait composé deux jours plus tôt devant la classe.

Et Camille se retrouva face à Livio, gardant la bouche ouverte comme cette fois où son père avait annoncé qu'il quittait la maison. Camille resta assise sur le sol jonché de capsules de bières et de mégots, fit des dessins dans la poussière avec sa main, puis elle sentit une onde noyer ses poumons. Camille, qui avait refusé d'admettre ce que tous avaient compris, se mit à bégayer une phrase qu'elle regrettera toute sa vie. Elle ne put convoquer que le tranchant des mots, dans un cri puéril et imprévisible.

Elle prit conscience de la fausse note qui hurlait aux oreilles, mais c'était trop tard. Ce qu'elle redoutait venait d'arriver, elle venait de perdre Livio.

Elle n'était qu'une fille, c'est ce qu'elle ressentait, elle avait zéro pouvoir d'un coup, juste celui de blesser Livio. Être une fille ne suffisait plus, ça n'avait sans doute jamais compté, à part être un alibi, c'était désormais comme n'être rien.

Avant de quitter le blockhaus, Camille voulut avertir Livio de ce qu'elle avait entendu dire. Des parents d'élèves allaient déposer une plainte auprès du proviseur parce qu'on avait enseigné la théorie du Troisième Sexe en cours d'histoire. Mme Martel était visée.

Un genre de comité était sur le point de se former, conduit par Kenji. Elle préférait qu'il sache.

Livio a disparu le soir même, il n'est pas rentré chez ses parents. Malgré l'enquête qui a duré plusieurs semaines, on n'a jamais retrouvé sa trace.

Camille n'a eu de cesse de le chercher. Elle a eu toutes sortes d'idées. Elle a pensé qu'il serait allé du côté de Nice, sur la tombe de Hirschfeld, où elle s'est rendue pendant les vacances, et où elle a reconnu, gravée dans la pierre, la phrase que Livio leur avait livrée : « La justice par la science » que Livio avait changée pendant l'exposé en « justice par la connaissance ».

Après avoir pris une photo avec son téléphone, qu'elle ne pourrait pas partager avec Livio, elle a arpenté la ville, comme l'avait fait Hirschfeld quelques mois avant sa mort, alors qu'il travaillait à la traduction de ses travaux et à la promotion de ses recherches en France. Elle a erré dans la ville, puis sur le front de mer. Elle a fini par se rendre au 63, Promenade-des-Anglais, qui fut la dernière adresse de Hirschfeld, espérant trouver un signe qui parlerait de lui à défaut de la mettre sur la piste de Livio. Mais au 63 de la Promenade, seule une plaque était fixée près de l'entrée, presque illisible, qui disait qu'en ces lieux avait vécu l'écrivain et journaliste Theodor Wolff, l'un des membres fondateurs du Parti démocrate allemand, et rédacteur en chef du *Berliner Tageblatt* jusqu'en 1933, livré aux nazis sur dénonciation des fascistes italiens. Elle s'est demandé si Livio savait cela. Elle se disait que Wolff et Hirschfeld avaient dû se rencontrer, mais peu importe, aucune inscription ne rendait hommage à la présence de Magnus Hirschfeld à cette adresse, et elle en fut meurtrie, comme rien ne lui disait que Livio était passé par là. Elle allait poursuivre l'enquête, qu'elle mènerait sans Livio désormais. Elle tenterait de tenir ainsi, elle irait jusqu'à Berlin, elle reprendrait le flambeau qui animait Livio, et auquel il s'était brûlé trop tôt.

Remerciements

Je remercie tout particulièrement Christophe François qui m'a permis l'accès à des documents et archives indispensables pour comprendre l'itinéraire de Magnus Hirschfeld et le fonctionnement de son Institut de sexologie.

Merci à la team berlinoise, et tout spécialement Andreas Apel et Susan L. Bloch, « mes » traducteurs éclairés.

12827

Composition
NORD COMPO

Achevé d'imprimer en Espagne (Barcelone)
par BLACKPRINT
le 6 décembre 2020.

Dépôt légal : décembre 2020.
EAN 9782290224892
OTP L21EPLN002766N001

ÉDITIONS J'AI LU
87, quai Panhard-et-Levassor, 75013 Paris

Diffusion France et étranger : Flammarion